Anton Waldt

AUF DIE ZWÖLF

VERBRECHER VERLAG

Erste Auflage
Verbrecher Verlag Berlin 2010
www.verbrecherei.de

Einband: Sarah Lamparter
Lektorat: Doris Formanek

ISBN: 978-3-940426-56-7

Printed in Germany

»Long Live Gonzoid Amphetamine Filth!«
The Sisters of Mercy

DIE BREITE MASSE RAUCHT.

Strictly Rhythm Partysan Berlin, 1998–1999

Auf die Zwölf Berghain-Flyer, 2004–2006

Strictly Rhythm

Partysan Berlin, 1998–1999

STRICTLY RHYTHM

Tom mag Drum'n'Bass nicht wirklich, weil da die Tanzflächen nicht voll sind mit weggeknallten Mädchen, die ihre Ärsche in Latex-Hotpants rumschwingen, als wollten sie es sofort heftig von ihm, Tom, auf dem Klo besorgt kriegen. Ein echtes Debakel, wenn man so hip unterwegs ist, aber eigentlich auch nur ficken will. Gestern im Icon voll drauf reingefallen: Jede Menge Koks, jede Menge Meinung, jede Menge Lage, aber weit und breit kein bisschen Sex. Zum Kotzen. Tom wichst sich durch den Nachmittag, dann kommt im Fernsehen Baywatch und Tom muss schon wieder onanieren. Toms Hirn klart leidlich auf, aber sein Schwanz ist klein, verschrumpelt und ein bisschen wund. Später ist Tom auf E und schon wieder schrecklich geil und hängt im WMF an der Bar. Toms Satin-Jeans macht Toms Arsch schön knackig und kommt ohne Höschen voll geil. Tom peilt abwechselnd zum Mädchensofa und zu der Frau im Micromini neben sich an der Bar. Die Sofamädchen kichern, Tom fragt sich, ob diese Luder nur minderjährig aussehen, dann überkommt ihn eine wohlige E-Hitzewallung und er muss lächeln – genau ins Gesicht des Microminis, der mit großen Pupillen zurücklächelt. Tom hält das Gesicht so nah vor seinem nicht aus und senkt seinen Blick – jetzt starrt er auf ihr Dekolleté und sieht überdeutlich erigierte Nippel unter unwahrscheinlich dünnem Stoff. »Dit gefällt dir, wa? Na denn komm ma mit!« Tom folgt diesem Rücken zum Klo und rein in die Kabine, wo ihn der Pissgeruch wieder zu einem klaren Moment verhilft. Tom fragt sich ob er jetzt eine gescheuert kriegt und ob diese Frau schon an der Bar superkurze grüne Haare hatte, aber er wird geküsst und das lässt sich gut an und dann drückt sie ihm ein Gummi in die Hand, dreht sich, beugt sich und lässt ihr Höschen sausen. Tom wird schwindelig, als er diesen Arsch sieht, aber sein Schwanz bleibt halbsteif und so geht der Präser nicht drüber: »Scheiß E, ey! Ich …« Sie bückt sich noch tiefer, zeigt feuchte Rosigkeit und zaubert eine Flasche Poppers aus ihrer Handtasche: »Hier, du Sau!« Dann stellt sie ein Bein auf die Kloschüssel und stützt sich mit den Händen gegen die Wand. Tom inhaliert und beim Anblick dieser glorreichen Arschpausbäckchen explodiert Toms Geilheit und sein Schwanz richtet sich so schnell voll auf, dass die Adern blau hervortreten und die Eichel lila glänzt und er ist sofort ganz in ihr, aber er hat das Gummi vergessen, sie aber nicht und mit der Handtasche in der einen, ihrem Slip in der anderen Hand richtet sie sich auf, dreht sich und starrt auf seinen Schwanz: »Nicht ohne!« brüllend drischt sie die Tasche auf Toms Eichel und fegt aus der Kabine. Tom dreht sich benommen um und als er die glotzenden Klo-Hörste wahrnimmt, spürt Tom den Schmerz und es kommt ihm und sein extrem flüssiges Sperma spritzt auf ein Strictly-Rhythm-Shirt.

EVERYBODY IN THE HOUSE

»Oh mein Gott! Diese geilen Schweine!« Die von gegenüber ficken schon wieder. Kein Vorhang, volle Beleuchtung, beste Sicht über den Hof. »Bordell! Tempos alle!« Tom rennt ins Bad um Klopapier zu holen, Tom macht Air aus und Supertramp an, Tom stellt sich vors Fenster und beginnt zu onanieren. Drüben kriegt der Typ jetzt einen geblasen und dabei streckt die Frau Tom netterweise ihren appetitlichen Arsch entgegen, geil kreiselnde rosa Rosette, aber als Tom gerade richtig in Fahrt kommt, spritzt der Schwanz drüben aufs Laken, dann schaut er blöd aus der Wäsche und macht sich vom Acker. »Scheiße, was wird jetzt aus mir? Und mein Schwanz ist viel größer!« Tom macht sich Pizza lauwarm und stellt sich vor den Fernseher: Rodeln der Frauen. »Boah was für Oberschenkel!« Dann, was Glück: Eiskunstlauf! »Traumarsch! Nur wieso müssen die alle so kleine Titten haben?« Aber dann verstolpert Mandy Wötzel den Axel, Tom wirft das Mokum-Tape in den Recorder und inspiziert mit Spiegel in der einen und Joint in der anderen Hand sein neues Tattoo: Rose am Arsch, drei Tage nicht sitzen. »Aber jetzt!« Drüben gibt es wieder was zu sehen: Die Blonde hat Gemüse am Start, für den Anfang eine dicke Karotte, bisschen reiben, bisschen drücken und rein in die Pussy, die freie Hand immer schön am Nippel. Tom zieht den Joint durch, dreht das Tape lauter und grabscht sich seinen Schwanz. Hose war eh schon unten, alles dufte. »Everybody In The House!« Rumms! Rumms! RummsRummsRumms! Jetzt ist die Zucchini dran: verschwindet auf einen Satz zu 2/3 in der Pussy, »Oh Scheiße, ist die nass!«, dann dreht sich die Frau auf die Seite, macht ein Hohlkreuz und steckt sich die schleimig glänzende Karotte ins Arschloch. Sie verharrt fast regungslos und das gefällt Tom jetzt aber wirklich, sein Schwanz schmerzt vor drängender Steifheit, schnell leckt er seine Handflächen und fängt dann gaaanz langsam an zu onanieren. Perfektes Timing: Die Frau kommt auch erst vorsichtig, dann immer heftiger in Fahrt, bewegt sich schlangenartig auf der Seite, wobei abwechselnd die Karotte und die Zucchini vorne und hinten rein- und rausflutschen. Während sie immer schneller wird, dreht sie sich langsam auf den Bauch, Tom starrt auf Arschbacken und Oberschenkel, die vor Pussy-Saft und Schweiß triefen und als er schon fast kommt, »Oh ist das geil!«, hört dieses Luder plötzlich auf und wirft sich dann auf den Rücken, um mit der Hand weiterzumachen. Ihre Brüste sind glänzig verschwitzt, Tom kann nicht hingrabschen, Toms Wichshand kommt auf Hammerhead-Tempo: »Deep In The Underground!« Schweres Acid-Gegniedel und dann wieder in die Fresse: Bäng! Bäng! Bäng! Als es Tom kommt, wird ihm schwarz vor Augen. Als er wieder zu sich kommt, ist das Fenster vollgesaut und der Alki vom Seitenflügel glotzt aus dem Hof rauf. »Wichser!«, schreit Tom und beschließt, endlich den Volkshochschulkurs »Saufen im Schlaf« zu belegen – All You Motherfuckers!

EIN SCHNELLER JÄGERMEISTER

Tom beschließt, keinen Sex mehr zu haben. Tom der Raver liest ein gutes Buch. Tom blättert um und ihm fällt auf, dass er seinen schlaffen Schwanz rumschwenkt wie die Pudelmütze eines Slow-Beat-Rappers. Tom meldet sich im Gold's Gym in der Immanuel-Kirch an, aber normal wird das echt teuer: »Studententarif! Billig und geil! Da steh ich drauf!« Tom beschließt, Student zu werden, Tom steht um 9 Uhr morgens auf und das ist doch schon ein ganz eigener Trip! Zur Feier des Tages raucht Tom einen Beutel Gras zum Kaffee, in der U2 wird ihm von dem ganzen Geruckel übel, aber nichts, was ein schneller Jägermeister nicht wieder gut machen könnte. Um zu checken, was geht mit der Universität, guckt Tom sich ein paar Aushänge an: Keine Ahnung vom Tuten, nur Blasen! Außerdem die Resultate der Klausur Sanitärinstallationskalkulation II und die Öffnungszeiten der Bibliothek. »Voll geil Bücher besorgen!« Im letzten Klo vor der Bibliothek haut sich Tom die Nase voll Pep und schmiert »Fickt die Polizei!« an die Wand. Erstsemester rules! Die Praktikantin am Verleih-Tresen hat so ein niedliches Karo-Röckchen an, dass Tom sie glatt um ein bisschen Studentenfutter anhaut: »Was für mich am Start?« – »Benutzerausweis?« Hat Tom tatsächlich schon mal gesehen, im Planet Alt-Stralau, an einem dieser kristallklaren Morgende … Die Aushilfe kaut am Bleistift und sieht Tom fragend an. Wow! Das geht hier ja! Aber Tom reißt sich am Riemen und schlendert für den Anfang durch die Regalreihen, fachmännisch die Buchrücken mustern, hier und dort mal einen Band aus dem Regal nehmen. Tom fährt Bildungsbimmelbahn und kommt richtig in Fahrt, Tom hockt auf dem Boden und studiert die »Mentalitätsgeschichte geschlechtlicher Körper in der Humangenetik«, aber dann sieht er diesen Arsch: Appetitlichst in schwarzem Leder verpackt, wackelt er gerade um die nächste Regalecke. Scheiß auf die Humangenetik, aber: Wo isser nur hin? Tom entdeckt das Leder-Schnittchen nirgendwo, dafür aber die »Ausführungsbestimmungen für Nasszellen nach DIN 4025«. »Perverses Schwein!«, durchzuckt es Tom, als er spürt, wie sich ein Körper hart von hinten an ihn drückt, flinke Hände seine Hose öffnen und seine Eier ganz geil gequetscht werden. Dann wird Tom umgedreht, das Lederschnittchen kniet vor ihm, der blonde Pagenkopf beginnt hurtig mit dem charakteristischen Nicken, begleitet von hastigen Schmatzern, die in den gelehrsamen Hallen obszön laut tönen und Zack! kommt Tom, expandierende Bücherreihen vor Augen. »Jetzt du geile Sau!« Das Schnittchen kommt hoch, Tom realisiert einen Drei-Tage-Bart, Tom wird in die Knie gedrückt, Tom spricht zu einer mächtigen Lederwölbung: »Du bist ja 'n Kerl!« – »Was dachtest du Sau?« sagt der Kerl und packt aus: Rasiert, irre groß, leicht gebogen und die Spitze glänzt in einer – tscha, katholischen – Farbe. Tom, willig reformiert, fängt mit den glatten Bällchen an, wird richtig gierig und verschlingt beide auf einmal, dann kurze, harte Schleckereien, bis er alles reinwürgt und Toms Mandeln drangsaliert werden. Tom krallt seine Hände in den Arsch und schon muss er dreimal heftig schlucken. Tom beschließt, dass er ausstudiert hat für heute und trollt sich aus der Bibliothek. Vom Nachgeschmack wird Tom ein bisschen übel, aber nichts, was ein schneller Jägermeister nicht wieder gut machen könnte.

PERSONA NON GRATA

Vor der Grenze geht Tom aufs Klo zum ziehen: »Lieber mal wegmachen den Scheiß!« Das Gleiche sagt der tschechische Zoll, weil Tom noch den Geldschein in der Nase hat und die Tür wegen der ganzen Paranoia doppelt verriegelt. Tom wird ins Bahnhofsgebäude verfrachtet und in einen fensterlosen Raum geschubst, kollektivierungsbeige getünchte Wände, ein Stuhl am Boden festgeschraubt und in der Ecke steht ein Telefon auf dem Boden. Tom gibt seine Schnürsenkel ab, dann wird die Tür von außen abgeschlossen. Nach zwei Stunden traut Tom sich, das Telefon auszuprobieren, doch das ist nicht erlaubt, eine tschechische Grenzerin stürmt rein und knallt Tom als Verwarnung den Hörer auf die Nase, die blutet und schmerzt, aber das ist Tom scheißegal, weil jetzt diese Frau vor ihm steht: massiv! Stolze zwei Meter in Boots, grauer Hose und dunkelblauer Uniformjacke, Pistole, Handschellen und Schlagstock am Gürtel, aschblonde Haare straff zum Zopf gebunden und obendrauf ein Barett. An dieser Beamtin ist alles riesig, aber nichts schwabbelig, wahnsinnig breites Kreuz, gigantische Brüste und über der rechten prangt ein Sheriffstern. Zwischen den drallen Monsterarschbacken zwickt die Hose ein wenig – hammergeil! Tom hat sofort einen Ständer und dann wird er auch noch gefilzt: »Beine breit und Pfoten an die Wand!« Sie klopft ihn routiniert ab, erst die Beine, dann entdecken ihre Pranken Toms Prachtständer – ist das schon Fummeln hier, was geht denn? Tom lächelt angetan, Tom kriegt auf die Fresse, Tom wird zum Stuhl gezerrt und mit Handschellen gefesselt, dann legt die Grenzerin seine größtmögliche Erektion frei. Durch die offene Tür weht eine steife Brise und Tom spürt schmerzhaft jeden gestauten Blutstropfen pochen. Die Grenzerin grunzt zufrieden, zackig entledigt sie sich ihrer Hose, sie nimmt die Makarow aus dem Holster und setzt sich auf ihn. Stechender Schweiß und Ost-Aftershave schießen in Toms Nase, was ganz schön geil kommt, die Grenzerin entsichert, lädt durch und drückt Tom den kühlen Stahl in den Rachen. Dann richtet sie sich langsam auf, um mit einem heftigen Ruck nach unten alles in sich zu bohren. Die Grenzerin reitet Tom mit brachialer Kraft, Tom bebt gleichzeitig vor Geilheit und Angst, Toms Mund ist trocken und kalt, Toms Schwanz heiß und nass. Sie fickt ihn, mit zitternden Nasenflügeln, hochkonzentriert, bis sie mit einem gepressten Seufzer kommt und gnädig die Makarow aus Toms Mund zieht. Tom stellt sich ihre Nippel vor, die auch riesig sein müssen und so nah. Tom kriegt einen lüsternen Rappel, er schleckt den Sheriffstern und kriegt noch eine geschmiert. Dann stempelt die Grenzerin PnG in Toms Pass und führt eine Abschiebung durch. Später trinkt Tom noch Bier mit einem Hooligan am Bahnhof Lichtenberg: »Verdammt! Ich hab ihre Nippel nicht gesehen! War aber voll kafkaesk, ey!«

LOVEPARADE

Was Tom wirklich irritiert ist, dass er barfuss da steht. Er hat zwar auch keinen blassen wie er hier vor die Arena geraten ist, aber sowas kommt vor. Außerdem weiß er, dass er höllisch drauf ist und wenn er die Augen schließt, kommen Erinnerungsfetzen an Tänzer im Ballerstrobo, wackelnde Ärsche, aparte Silhouetten, die sich aus dem Nebel lösen, weiße Linien auf Klodeckeln, Waschbrettbäuche, Weigerungen, Gewährenlassen, Pillen, Getränkebons, Joints, Drinks und mehr Jägermeister! Ergibt alles Sinn, doch das hier ist wirklich nicht komisch: Tom hat ein türkises XXL-Shirt mit dem Loveparade-Logo drauf an und eine City-Tarn-Hose hat er auch nie besessen. Toms Taschen sind leer – bis auf – Hoppla, guter Anfang im neuen Raver-Leben: E-Krümel, eine ganze Handvoll. Gar keine schlechten Chancen, nach Hause zu kommen oder auf die nächste Party: Ohne Drogen, aber mit Geld ist immer schlimmer, als ohne Geld, aber mit Drogen! Zum Beispiel die drei Minderjährigen, die gerade in einen roten Polo mit dreistelligem Kennzeichen klettern: »Hallo ihr Luder! Onkel hat Bonschen!« Das Luder im Silber-Minirock schaltet prompt von Schmoll auf Gierschlund, als sie den E-Krümel-Haufen in Toms Hand sieht: »Lass mal testen, großer böser Wolf!« Die drei picken eifrig Bröckchen und das scheint in Ordnung zu gehen: »Fährt wie Sau!« Tom darf mit dem Silber-Minirock auf den Rücksitz, vorne zerhackt die Glatzköpfige neue Portionen auf einer Kassetten-Hülle, die Blonde am Steuer fängt an zu sabbeln, alle rauchen Kette, mehr Brösel wollen gehackt sein und als sie endlich losfahren, herrscht allseits beste Laune. Tom verteilt Chemiereste in Mäulchen, um die Hände frei zu kriegen und dem Silber-Minirock an die Wäsche zu kommen. Tom leckt samtige Waden, Tom arbeitet sich nach innen und weiter rauf, Tom durchnässt ein herzallerliebstes Silber-Höschen, bis der Silber-Minirock es abstreift, dabei hebt sie ihr Becken und Tom saugt sich in ihrer feuchten Pussy fest. Die Glatzköpfige greift Tom vom Vordersitz aus zwischen die Beine und umklammert seinen Schwanz, dann fummelt sie seine Hose runter und Tom muss sich nur noch fallen lassen um zwischen den gespreizten Beinen des Silberchens auf dem Rücksitz zu landen. Die Glatzköpfige leckt Toms Arsch und gibt den Rhythmus vor, die Fahrerin quiekt, wichst und brettert über rote Ampeln. Als es Tom kommt hört er schon wieder Rave-Sirenen und eine mächtige Acid-Stimme verkündet: »Hier spricht die Polizei! Stoppen sie Ihr Fahrzeug!« Alle müssen aussteigen und die Taschen leeren und dann geht das Theater wegen der Pillenreste los, geht ja gar nicht, anständige Raver machen keine halben Sachen, anständige Raver schmeißen keine halben Pillen und erst recht nicht solche Krümel und schon gar nicht zur Loveparade und was er, Tom, sich dabei gedacht hat? Tom übergibt sich turboschnell, Tom pisst sich ein bisschen in die Hose, Tom beschließt zu rennen. Um die Ecke ist Tom außer Atem, er klemmt sich durch einen Bauzaun und plumpst in den Dreck. »Yton« ist das letzte Wort, das er liest. »Ficken« ist das letzte Wort, das er sagt. War aber wieder geil gewesen!

FRÜHLINGSGEFÜHLE

Toms Schwanz schmerzt wie die Sau. Finally abgenutzt, offensichtlich. Tom summt: »Es ist 'ne schmale Linie zwischen Liebe und Hass.« Tom sucht und findet den Putzlichtschalter im Darkroom. Tom konsultiert sein Hirn. Ohne Resultat. Tom knipst und brüllt: »Stimmung!« Tom hat eine gute Zeit auf der Intensivstation. Krankenschwestern sind sowieso das Schärfste und wenn Tom meint, er hätte Schmerzen, knallen ihm nette Ärzte die erstaunlichsten Stöffchen rein. Tom hat Oberwasser und beschließt, auf die Reha-Station zu übersiedeln, von der ihm sein Bong-Zivi schon so viel erzählt hat. Mit der Rehabilitation entwickelt es sich auch gleich bestens, die Wände sind in einem freundlichen hellgrün gehalten, danach gibt es O-Saft mit Uppern zum Frühstück und die Reha-Fachkraft sagt: »Das ist ein ganz neuer Anfang, ich bring dir alles wieder bei!« – »Yo! Nur zu!«, lispelt Tom geschwächt vom Anblick ihrer Nippel unterm dünnen Kittel und hey, ist das vorschriftsmäßig, im Dienst kein Höschen zu tragen? Sieht andererseits hefty professionell aus, wie diese – das ist jetzt aber nicht euer Ernst? – Krankenschwester Injektionen en gros aufzieht, Toms Arm abbindet und ihm eine Dosis verpasst – aber Hoppla! Tom fühlt sich umgehend wieder in Saft gesetzt: »Ich bin nun mal ein schweinischer Charakter, was soll ich sagen?«, erklärt Tom mit Frosch im Hals und grabscht nach dem Schwesternarsch. Der Krankenhausfunk spielt

»Nights In White Satin« für Frau Hawelka mit den Eiterbeinen, Tom hat einen Pracht-Ständer und Ruck-Zuck sind alle verschwitzt. Tom schiebt ihren Kittel hoch und bringt gerade noch schnell alles in Position, als ein schmaler blonder Jüngling aus der sterilen Nirosta-Box springt und ein Schild präsentiert: »Ghost will come and kiss your ass!« Tom kichert, da sucht sich der Blonde was zu Lecken und Tom besinnt sich darauf, worauf es wirklich ankommt im Leben und greift der Schwester von hinten auf den Bauch, seine andere Hand erkundet ihren Arsch und dann wird noch vernünftig Hals gebissen. Klappt auch alles weiter prima, Schweiß rinnt über ihren Rücken und Tom Brust und vereint sich zwischen ihren Backen zu einem Rinnsal aus heißem Hustensaft, der über Toms Schwanz strömt und dann an den Beinen runter und jetzt kommt es ihr und es gibt noch viel mehr Flüssigkeit, auf dem Boden entsteht eine ansehnliche Pfütze, dann kommt sie nochmal und Tom mit ihr und sie rutschen weg. Tom fällt hintenüber, es gibt einen ziemlichen Rumms als sein Rücken auf die Fliesen knallt, aber er hat die Schwester gut im Griff behalten, nix verrutscht und die beiden ficken noch ein Stündchen weiter, oder auch zwei, dann gibt es neue Injektionen, diesmal für alle, und es geht von vorne los. Nachher hängt Tom noch im Krankenhaus-Lager rum und raucht Opium mit dem kirgisischen Narkose-Arzt, dann wird es Frühling und Tom beschließt, mal auszuchecken was draußen so geht.

MA WIEDER SCHWARZFAHREN

Tom jeanst mit Ghettoblaster und Klebstoffeimer ins Solarium und checkt sich eine Stunde Turbo-Bräuner: »Das is aber nich gesund, ich weiß gar nich ob ich das verantworten kann!« – »Sagt wer? Optik wie 'ne verbrannte Möhre, die Strähnchen gehören nachgefärbt und hier is nen 10er extra, alles klar?« Tom haut das Frankie-Goes-To-Hollywood-Tape in den Blaster, kippt den Neonsarg voll Kleber und hüpft rein, voll geil heiß und wenn er die Augen aufmacht gibt es irre Farben, drollig von Lösungsmittel-Schwaden gefiltert. Tom onaniert, in seinem Kopf bläst ein neurotischer Sonnenwind, clusterweise machen Neuronen den Abgang, im Zwischenhirn verglühen Datenspeicher zu Unterdruck-Gasblasen und ab dafür, schwarz, vorbei, Ende. The world is my Oyster! Wegen des erregten öffentlichen Ärgernisses wird Tom zu drei Tagen gemeinnütziger Arbeit verdonnert, die Karotte vom Eingang ist noch ziemlich hysterisch geworden, war kein schöner Anblick. Der Richter hatte zum Frühstück zuviel von den Blau-Gelben – »Sollte die Dinger mit weniger Cognac nehmen …« – außerdem sind diese Bagatellfälle übles Nervengift und versauen das Handicap: »Also, junger Mann, wollen wir Hundescheiße vom Abenteuerspielplatz Moabit sammeln oder in die protestantische Telefonseelsorge?« In der St. Anton-Gemeinde verzieht sich die Sozialpädagogin mit einem dutzend Acids im Tee friedlich rülpsend in den Keller und packt

3000 Pfund Milchpulver für den Kosovo aus. Tom ordert einer übergewichtigen Schülerin den Chippendale-Nacktputzdienst und 1000 Portionen Tiramisu. Der Apostel Paulus materialisiert sich im Keller, unzüchtige Ketzer-Phantasien in Milchstaub, derweil verbindet Tom einen kettensägenden Familienvater mit der heißen Duschparty für drei. »Mein Freund hat mich verlassen, weil ich als Foto-Modell an einem Tag mehr verdiene als er im Monat!« Was-du-nicht-sagst! Raus aus der Seelsorge und rein ins Taxi: »Es geht um Leben oder Tod! Wäre besonders schade bei diesem gütigen, schönen Menschenkind!« Ein poetischer Fahrgast. »Ich bin ja eigentlich Dichterin!« Die Chauffeuse nimmt die Brille und das Basecap ab, schüttelt ihr dichtes, blondes Haar: »Ich muss hier mal rechts ranfahren und ihnen das vorlesen: ›Elke spürte seinen heißen Atem und presste sich an ihn, seine Arme schließen sich fest, aber zärtlich um ihren bebenden Körper, innig zu feuchten Liebesbeweisen. Seine Lenden und das Anschwellen seiner Männlichkeit lässt sie alles um sich herum vergessen: Nimm mich! Sei stark, aber zärtlich! Noch nie habe ich so begehrt!‹« Die Fahrerin dreht sich effektreich zu Tom um, ihr Mund steht erwartungsvoll offen: »Ich spüre einfach, dass du meine Verse verstehst – ein verwandter Geist, oder täuscht mich des Grundes Tragkraft?« Aber nö – lassen sich die Sitze umklappen? Ihre Münder finden zueinander und verschmelzen heiß und so weiter, aber hey! Sie beißt Tom die Zunge halb ab, als beide ihre Hosen ausziehen und gleichzeitig probieren, weiterzuküssen und schnell und effizient zu fummeln, nackte Gier herrscht, Ruck-Zuck sind die Scheiben beschlagen, der schlecht eingestellte Leerlauf des alten Diesels rüttelt auch schon ganz nervös, Tom wird korrekt geritten und es geht heftig rauf und runter, dann fällt Tom zurück und knallt genau auf die Schaltung, die sich zügig in seinen Arsch bohrt, was ganz geil kommt. Tom packt Brüste und quetscht Nippel bis sie lila anlaufen, sie heult auf, Zuckungen in den letzten Zügen und als es in Sturzbächen kommt, rutscht der Schalthebel in Tom in den dritten Gang, es schüttelt jetzt den ganzen Wagen, der mit seinen erschöpften Passagieren gemächlich Richtung Alexanderplatz rollt, um an der Kreuzung Torstraße in eine Straßenbahn zu knallen, die entgleist, doch Tom passiert weiter nichts, außer dass er endlich von dem Hebel loskommt. »Alles klar, was macht das?« – »Zweiundzwanzig-Fuffzig« – »Rest ist für Sie!« Planlos stolpert Tom die Treppen zur U-Bahn runter: »Ma wieder Schwarzfahren, Alter!«

HEAVY PETTING

Tom kippt Likörchen und schmeißt Sylvester-Knaller auf Hunde. Tom checkt sich ein Tchibo-Teleskop, um seinen Schwanz mal ganz genau unter die Lupe zu nehmen. Was zu sehen gibt's aber auch gegenüber beim Metzger, der es mit billigen Strichern und Goldbrand richtig krachen lässt, doch die Stricher haben Pusteln und der Metzger Ausschlag, dann ficken alle einen Truthahn und es ist Weihnachten: Vier-Und-Zwanzigster, Alter! Tom backt Haschplätzchen und bürstet das Weihnachtsmannkostüm aus, dann stopft er sich die Taschen voll Kekse und macht in den Westen rüber: Bescherung bei Juwelier Hindeminth in der Grieselbrechtstraße! Postmoderne in Messing und Marmor, Schampus, Russen, geschiedene Schicksen und natürlich jede Menge Personal: Es gibt einen englischen Butler, ein Bande mexikanischer Catering-Hörste in Ponchos, eine Country-Band, ein Dutzend Stripper und Tom mit Rute. Weihnachtsmann ist später dran und der Butler bugsiert Tom erstmal Backstage und da geht es schon ziemlich ab, die Mexikaner haben Meskalin, der Butler Opium – Sir? – und die Stripper Waschbrettbäuche und kistenweise Eierlikör. Tom macht sich beliebt und teilt schnelle Lines aus, dann darf er am Strumpfband der blonden Banjonistin knabbern, alles wird gerade richtig gut, da soll Tom seinen Job machen und die Geschenke reinfahren: verschissener Bart, scheiße großer Sack mit verschissenem Bling Bling –

»HO! HO! Ich Clyde – Du Bonnie – alles klar?« Die Banjospielerin kratzt sich unentschlossen an der Western-Corsage, sie linst ein bisschen unter dem Stetson hervor, dann hellt sich ihr Gesicht engelhaft zu einem schmutzigen Grinsen auf. Der Butler knickt nach einem neckischen Kick hellblauer Cowboystiefel formvollendet neben dem Herd zusammen, Tom boxt ein Dutzend Stripper weg, die Mexikaner machen Victory-Zeichen und spülen Pilze mit Tequila runter, dann debattieren sie, ob sie die geschiedenen Schicksen hart rannehmen oder gleich den Laden niederbrennen sollen, Bonnie und Tom werfen sich mit ihrer Beute in den Schlitten und geben den Rentieren Saures. Dank Schneetreiben und den ollen Gaslaternen sieht die abgewrackte Stadt glatt aus wie in der Schultheiß-Reklame, unter obligatem Geklingel geht es über den 17. Juni, die Blitze der Touristenkameras funkeln wie Glühwürmchen und es wird richtig romantisch. Weiter geht's zum Fernsehturm, an dessen Spitze das Gespann vertäut wird, Tom behängt Bonnie mit den Klunkern und als Tüpfelchen findet sich ein Diadem, Bonnie wirft Tom ins Bärenfell, Tom, nicht faul, kommt auf ihre Strumpfbänder zurück, fummelt sich vor bis zu den zwei gekreuzten Colts, die in ihren Slip gestickt sind, Toms Eier werden feinfühlig wie Christbaumkugeln geknetet und ihre Nippel blitzen aus dem Korsett, der Stetson wird über die Stadt geschwenkt, Schneekristalle schmelzen in Zeitlupe auf ihrem Dekolleté. Bis zum Morgengrauen vergnügen sich Bonnie und Tom mit Heavy Petting, die diamantbesetzten Cartier-Handschellen baumeln unbenutzt an der Kufe, weil Weihnachten niemand ungeschoren bleibt. Aber Sylvester machen wir es wieder richtig dreckig: Wer dann nicht pariert, wird hart gefickt!

STUDENT IM KOPF

Als es Herbst wird, beschließt Tom, sich auch mal zu verlieben: »Mein Leben für den Rausch ist schrecklich sinnentleert – ok, ich ficke rum und ok, ich habe die Birne korrekt zu – aber sollte da nicht noch mehr sein?« Tom klappert die Glühweinbuden nach Büroschluss ab und peilt die emotionale Schieflage der Werktätigen: »Yo! Schütten wir beiden Schönen uns ein par Becher von diesem heißen, geilen Zeug in die Rachen? Ey wasn? Selber Schlampe!« Tom verfuselt 100 Folgen der angesagten Telenovela »Betrunken in Berlin« am Stück. Tom kotzt den ganzen Wedding voll. Tom schiebt einen Kokain-Power-Brunch mit seinen Business-Kumpels ein, Toms Nase zieht eine Blutspur bis nach Schöneberg und Tom kassiert sieben Monate vor der Eröffnung lebenslanges Hausverbot im Goya. Gut durchatmen! Tom besucht mal wieder die Kiffer-WG, Tom geht aufs Klo, Speed ziehen, Tom labert sie stundenlang dicht, während die lahmen Schweine um Gnade winseln. Als er nach Hause jeanst, fühlt Tom sich schon viel besser, doch als er die Treppe hochsprintet, knallt er in die Sanis, die den Alkoholiker aus dem dritten Stock tot raustragen, die Leiche stinkt zum Abschied wie immer. Tom krümelt seine Wohnung mit Knäckebrot und Speed-Kristallen voll, bis ihn die beschissenen Studenten nerven, die voll Scheiß-Elan und mit Boden abschleifen die Alki-Wohnung renovieren. Aber die Studenten-Quarktasche kommt knorke mit den kecken weißen Lack-Klecksen am Näschen! Und schau dir diesen Arsch an! Tom tagträumt von Lösungsmitteln und der besonders zarten Haut unter ihren Nippeln, aber da werden schon Billys, Biologiebücher und Brechtgesamtausgaben die Treppe hochgezerrt. Tom passt die Studentin im Treppenhaus ab, als sie mit einer Mülltüte in den zarten Fingern die Treppe runterkommt: »Ich finde es toll, dass ihr den Abfall sortiert und Hallo!« Die Studentin glotzt belämmert, dann tritt sie den Rückzug in den dritten Stock an und wackelt dabei mit ihrem Studentinnenarsch und Tom ist wirklich sehr verliebt und wirft sich noch ins Zeug: »Da müssten noch große Abfallsäcke bei mir im Nachttisch sein, schwarz sind die und wenn du die brauchen kannst, beim Mülltrennen, kannst du die gerne haben!« Die Studentin verlangsamt ihren Schritt und wirft einen verunsicherten Blick über die Schulter. »Jetzt wo wir Nachbarn sind ... also wenn dir mal Kaffee oder Zucker oder Eier oder sowas ausgeht – helfe ich gern mit aus! Jederzeit, Tag und Nacht! Komm, ich zeig dir gleich mal, wo mein Kühlschrank steht!« Tom zerrt die Studentin in seine Küche, im Großen und Ganzen sogar ohne ihren Arsch zu betatschen oder anzustarren. Die Studentin glotzt belämmert in Toms Kühlschrank: »Du hast ja gar keine Eier!« Tom denkt: ›Au Backe! Jetzt bloß keinen blöden Spruch über meine rasierten Eier! Nachher steht sie mehr auf behaarte Säcke und verliebt sich nicht in mich!‹ Tom sagt: »Ich mache jetzt keinen blöden Spruch über meine rasierten Eier, weil ich dich liebe!« Die Studentin gibt Fersengeld und wackelt dabei noch einmal – mein lieber Herr Gesangsverein! – so süß mit ihrem Arsch! Tom lässt es von Montag im SO bis Sonntag im Joseph ordentlich krachen, dann ist alles alle und Tom will mehr. Tom stellt sich mit weißen Handschuhen auf die Kellertreppe vom Tresor, Tom tickt Barneys an Touristen, Tom wird schon wieder sentimental: Also wer ist jetzt hier die Schlampe?

DIE ZEIT DER LIEBE

Tom lässt die Scheiße soft angehen. Draußen schneit es und der Pulverschnee auf dem Fensterbrett glitzert wie Koks. Auf der Straße schabt ein Sozialhilfe-Empfänger, Tom fliegt trotzdem besoffen auf die Fresse und haut sich Zähne raus und muss zum Zahnarzt und beschissene Abdrücke machen. Im Wartezimmer blättert Tom in der Neuen Revue, um in die speziell geile Laune medizinischer Einrichtungen zu verfallen: Abgegrabbelte Promis und weiße Kittel, der antiseptische Geruch und die andächtige Atmosphäre, durch Radio an der Wahrnehmungsgrenze noch intensiviert ... Tom 3000 scheißt auf die Betäubungsspritze, weil das besser zeckt und um das Personal zu beeindrucken und damit der Doc am Ende ein extradickes Rezept rausrückt, wegen der umgekehrten Psychologie. Als die Nerven raus sind, kümmern sich die Schwestern noch um Toms blutige Fresse, dessen Mordsständer eine enorme Falte ins hellgrüne Tuch wirft und plötzlich wird ein erneutes Röntgen der schlimmen Stelle erforderlich. Übles Metaphern-Niveau muss ja auch mal sein und das Röntgen-Kabuff ist kein Ort des Schwafelns. Tom wird auf den Boden geschmissen und von Schwester Nummer Eins geritten, während Schwester Nummer Zwo auf Toms Gesicht sitzt, normal eine lässige Angelegenheit, aber beim Lecken und Schlabbern platzen sämtliche Wunden in Toms Mund wieder auf, was enorm schmerzt und Tom noch schärfer macht. Es ist stockdunkel und Tom schwört sich, den ganzen verdammten Giftkasten von der Wand zu reißen und nach Hause zu zerren, wenn er hier lebend rauskommt. Tom sabbert und spuckt Blut auf die U-Bahn-Gleise und versucht zu rauchen und das Schränkchen auf der Schulter so zu balancieren, dass die Dübel nicht pieksen, die aus dem Teil staksen. Beim Umsteigen am Kotti muss er misstrauische Bullen und gierige Junkies abwehren: »Mein Stoff ihr Wichser!« Tom hält sich mit den Ampullen und Knick-und-Riechs bei Laune, Tom mörsert die Pillen und löst das Pulver in Tequila auf, Upper mit Wurm, Downer ohne. Bevor er durch die Hölle geht, muss Tom noch am Rosenthaler Burger essen, aber die Frittenbrater sind gerade alle Rauchen und Pinkeln, also was vom Wurm-Tequila in den Cola-Automaten, Fanta kriegt den Downer, dann kommt das Personal auch schon wieder vom Rauchen und Pinkeln und Tom ordert Crispy Chicken, kleine Pommes und drei große Cola – aber ohne Eis! Das Wechselgeld kommt in die Video-Juke-Box, erstmal hier Scooter und dann Blümchen und dann KLF. Alles cool, die Cola macht Appetit und plötzlich ist der Laden auch ganz schön voll. Zu »What Time Is Love?« kotzen die Empfindlichen schon munter von der Balustrade, die Fanta-Spacken dösen friedlich lächelnd, die Hände und Pommes mit Majo im Schritt. Tschabos scheppern mit Tabletts, Hörste raven über die Tische, Tom steht am Geländer und ist inspiriert: »Raver! Das Loblied des Beats, der den Arsch weghaut und dich geil macht, wenn er in den Magen fährt! Das Loblied der Hi-

Hats, die so geil den Kopf absägen, wenn sie genau da einsetzen, wo sie sollen und der hohe Gesang auf die Snare Drum! Wir und die Armee gegen das Trübsal! Das Loblied des Techno und das Loblied des House und das Loblied des Drum'n'Bass! Scheiße! Ich liege auf Knien und bete den Subwoofer an! Ich verharre in demütigem Hüftschwung und bete den Spiegel und die Scheckkarte an! Ihr Wichser denkt, vielleicht das wäre ein Spiel, aber ich … ich kann euch versichern, dass Pornographie und Drogen wichtige Stützen unserer Demokratie sind! Die Zeit der Liebe ist hier!«

GEILE FLITZER-SAU

Tom macht backe backe Kuchen und hat trotzdem kein Geld, also trinkt er billig und schleppt Alk-Schlampen ab. Ficken bis das Ruder glüht und kein Pardon für den Materialmeister. Aber auch Billigbiernummern sind manchmal ganz schön brutal: Toms Augen sind verbunden und seine Hände werden mit Stasihandschellen blutleer gehalten, nicht wirklich gemütlich, aber geil, so die Eier gequetscht zu kriegen. »Ey Baby, ich hab da noch knorke zwo g Spitzen-Koks inner Jacke! Hol doch mal raus und tu was aufn Schwanz!« Da holt die sich gar nicht mehr ein und schreit nur noch rum, Drogen nich bei ihr im Haus und ihr letzter Stecher war nen Junkie und so weiter. Tom wird durch die Gegend bugsiert, bummst hier und dort mächtig an und dann scheddert er eine Treppe runter, dabei verrutscht zum Glück die Augenbinde und so kann er wenigstens mit einem Auge sehen, dass er im Treppenhaus liegt und wo er überall blutet. Dass es kalt ist, hätte er auch so gemerkt. »Mach da auf, sonst tret ich den Dreck ein!« Durch den Briefschlitz kommt das Koksbriefchen. »Ich hab die Bullen gerufen, sieh bloß zu mit deinem Scheißdreck!« Draußen heulen natürlich sofort die Sirenen und Tom sieht zu, doch nicht ohne vorher seinen Scheißdreck mit dem Mund aus dem Dreck zu schlabbern. Während er halb doll auf dem Päckchen kaut, um nicht alles auf einmal in die Fresse zu kriegen, semmelt er wie Hölle durch die Höfe und die Straße längs, um die Ecke und um noch eine. Scheiße kalt ist das, aber dafür haben die Passanten aufmunternde Kommentare am Start: »Ma langsam Süßer!« – »Brauchste Dresche?« – »Schrumpelschwanz!« Mal in einen Hausflur checken, das Papier löst sich auch auf und das flasht ganz enorm. Tom hat eine Monstererektion und knallt gegen eine Wohnungstür, deren Besitzer auch gleich zur Stelle ist. Der Mann ist ein guter Samariter, der sich mit Notfällen auskennt, vor allem wenn sie so gut bestückt sind. Die hervorquellenden Adern werden einzeln und besonders sorgfältig abgeleckt, dabei greifen kundige Hände um Toms Arsch, der anschließend glibschig und bereit gelutscht wird, bevor da allerdings was reinkommt muss Tom noch beweisen, dass er ein dankbarer Gast ist. Ein Waschbrettbauch und rasierte Eier machen die Sache leicht, Rippchen für Rippchen kauen und Bällchen einsaugen. Plötzlich wird Tom rumgerissen und auf den Holzboden im Flur geknallt, schon kapiert, aber gar nicht so einfach, den Arsch in die gewünschte Richtung zu recken mit den Handschellen. Der Typ hat Holzfällerpranken mit Fingern, die fast überfordern, aber mehr ist sowieso kein Problem. »Halts Maul, du geile Flitzer-Sau, ich weiß wann du fällig bist, nämlich jetzt!« Heiß und brutal rammt er seinen Alaska-Schwengel in Tom, dessen Mund jetzt volltaub ist und das macht nicht nur scharf, sondern auch frech: »Ist das alles?« Der Typ lässt sich nicht bitten und gibt sich alle Mühe den blutigen, zuckenden Körper entzwei zu stoßen. Tom hat Schaum vorm Mund, als es beiden kommt und der ganze Block von dem viehischen Geschrei aufwacht. »Ich heiße Günther und habe eine Bolzenschneider!«, lallt eine glückliche Fresse. »Mach das nochmal«, sabbert Tom. Gesagt getan, eine softe Nummer aufm Bett ist gut für Knochen und Nerven, die dann nötig sind, um derart festgezurrte Handschellen zu knacken ohne die Gelenke zu häuten. Tom trabt im Seemannsgang und drei Nummern zu großen Klamotten nach Hause und knallt sich mit Biers vor die Glotze. Das weiche Frühmorgens-Gefühl macht sich breit, wenn man alles verkackt hat, aber noch den ganzen Tag vor sich. Schon wieder. Kein Scheiß. Geile Welt!

SCHAURAMMELN VON 9 BIS 5

Nach Ostern verliert Tom seine Arbeit im Schlachthof, die Glühlampenfabrik wird geschlossen und in der windigen Stadt Berlin regieren dumpfe Schläge und harte Drogen. Kein Problem mit Tom, der jetzt für den Frieden fickt und dafür auch noch bezahlt wird. Im Schaufenster einer Charlottenburger Galerie lässt ein beschissener Hippie-Künstler eine Anti-Kriegs-Performance steigen mit Schaurammeln von 9 bis 5: Auf einer Plüsch-Kingsize-Spielwiese in Form eines Peace-Zeichens ficken Tom, ein Bauarbeiter, eine blonde Tittenmaus und eine gepiercte Glatzköpfige abwechselnd vor Monitoren mit frischem Elend vom Balkan: »Am besten macht ihr alle die ganze Zeit Liebe!« erklärt der beschissene Hippie-Künstler. »Genau, ditt macht wat her!«, pflichtet der Galerist bei und nimmt einen ordentlichen Zug Rotwein aus der Korbflasche. »Ansonsten müsst ihr auf den beschissenen Hippie-Künstler aber nicht hören, der hatte '69 einen ganz dummen Schlacht-Happening-Unfall, hat sich den Otto abgehackt und ist seitdem Scheiße im Kopp, aber jezze wo Vietnam nach Europa kommt selled son Kram ebent wie die Drecksau!« Als der beschissene Hippie-Künstler ins Hinterzimmer geht, um sich seine schwanzförmige Bong zu stopfen, hauen die Lohn-Ficker Detroit-Techno in die Bang & Olufsen und legen los. Die meiste Zeit fickt Tom den Bauarbeiter von hinten, der es der Gepiercten mit der Zunge macht, auf deren Gesicht die blonde Tittenmaus sitzt. Später kommen dann noch »Die Reporter« vom Privat-TV vorbei, geilen aktuellen Stoff drehen, immer voll dran an der Action. Der beschissene Hippie-Künstler streut Dollar-Noten über Tom, dem es von der Gepiercten mit einem Monster-Strap-on besorgt wird, während er die blonde Tittenmaus von hinten nimmt, die dem Bauarbeiter einen bläst. Alles dufte, nur der beschissene Hippie-Künstler hat immer noch was zu meckern: »Diese Nazi-Pressepenner haben mich 30 Jahre ignoriert, jetzt kriegen sie Kaffee mit was LSD drin!« Toms Schwanz wird quergelutscht, die blonde Tittenmaus wackelt mit dem Arsch und die Aufnahmeleiterin ist jetzt wirklich ganz nah dran an der Action: »Film meine Titten, du Fuzzie!« Aber der Kamerahorst interessiert sich nicht für ihre Titten, er filmt lieber seinen eigenen Schwanz, der behaglich in der Brise schaukelt, jedenfalls bis die Serben-Demo auf dem Weg zum Amerika-Haus durch die Mommsenstraße stürmt und »Milossowitschts is größer!« skandiert, der Horst erschrickt und sich die Kamera auf die Füße plumpsen lässt, was wehtut aber irgendwie auch ganz geil kommt. Leider mögen die Serben keine Schwulen, die ihre Dödel auf der Straße schwenken, weshalb sie erst das Fernsehteam vermöbeln und anschließend die Galerie in Schutt und Asche legen, und dann kommen noch die Albaner und die Bullen, die sich nicht mehr vor dem Amerika-Haus langweilen wollten, angerannt, um sich zu kloppen. Die Lohnficker sind härter gesotten und rammeln auf dem brennenden Peace-Zeichen munter weiter, während der beschissene Hippie-

Künstler und sein Galerist sich zu Pasta mit Meeresfrüchten bei Alfredo verdrücken. Der Gepiercten kommt es zuerst, danach dem Bauarbeiter und der blonden Tittenmaus gleichzeitig, was ihnen die elende Kulisse näher bringt und sie auch zum Italiener rübermachen lässt. Tom steht nackt in den Trümmern der Galerie und ist immer noch geil, Tränengas umwabert seine dürren Beine, ein Kanister Terpentin dampft und an Toms Händen und Füßen und seiner linken Brust tun sich blutige Male auf. Er onaniert vor dem brennenden Peace-Zeichen, was mit dem Blut, das aus den Malen sickert, ganz geil geht und als er kommt, streckt er die Arme in den Himmel und schenkt der Welt seinen Saft. Peace, man!

Auf die Zwölf

Berghain-Flyer, 2004–2006

SCHWANZ IM HALS

In violetten Nuancen schimmert Toms Eichel speicheltriefend im Gegenlicht. Eine flinke, fleischige Zunge spielt um geschwollene Adern und entlockt Tom rattige Grunzer: »Dein Schwanz ist so geil hart«, säuselt der Junge und huscht einen treudoofen Bläserblick nach oben. Aber für diesen Erguss ist Tom nach sieben Jahren Tegel und einem Dutzend Knick-und-Riechs mit Wodka nicht zu haben: »Du Kackspecht sollst hier nicht Süßholz raspeln, du sollst lutschen!« Kurz ringen große braune Kuhaugen zwischen Tränen und Ergriffenheit, aber die Lippen checken das schon und saugen an Toms Eichel, dann geht's noch mal runter zu den Eiern, die genagt werden wollen, worauf am Fleck, den Tom beim Rasieren übersehen hat, eine neckische Tolle wippt, schließlich geht es ans Schlingen und Rachenausreizen und als die Lippen des Jungen so richtig Tempo um Toms Mordsständer machen, treffen sich ihre Blicke wieder und genau zwischen den Augen landet ein Batzen Sperma und dann noch auf den Wangen und den Haaren und den Lippen und vom Anblick dieses besudelten Engels wird Tom ganz schummrig, der Orgasmus und das GBA tragen die Woge weiter und Tom kracht ohnmächtig über dem Jungen zusammen, wobei sich sein Schwanz wieder tief in den Hals bohrt. Tom schaut an sich herunter, entdeckt zwei knospige Jungmädchenbrüste und – Hoppla! – das sind ja seine eigenen, er kann sie befummeln, mal was

Neues, geiler Traum und ernsthaft mal eine gute Idee, so links und rechts 150 Gramm, doch da wird er rüde wachgerüttelt, denn der Junge hat was dagegen, endgültig an Toms Schwanz zu ersticken. »Ich habe Brüstchen!«, flötet Tom traumverzückt. »Ach nee! Gib ma lieber die Es du Sack«, keucht der Junge wieder zu Atem kommend, »oder wolln wir erstma Whisky saufen?« Alles klar, das geht ja auch prima beides, aber dann checkt Tom mal nach Hellersdorf, noch was Arschgeweihe ficken und dabei nachfühlen, ob er jetzt wirklich selber Silikon will oder doch nicht. Reichlich Pillepalle im Effekt, die Schnecken haben nicht nur die Taschen voll mit polnischem Crystal, die legen auch beim Wegputzen ein arges Tempo vor und da kann Tom sich selbstredend nicht lumpen lassen, voll knorke und pünktlich um halb fünf ist Tom so richtig fit und checkt endlich in den Club. Photonen im Dutzend rocken und Tom ist endlich, endlich wieder zu Hause und froh, dass er noch lebt und für immer unbesiegbar.

DER MITTEFICKER

Gotta get rid of that pill taste! Tom summt und blinzelt und versucht, wenigstens eine Scheibe breit klar zu sehen. Soweit er das hinkriegt, schaut eine Frau ihn erwartungsvoll an, aber die Sache mit Eindeutigkeit kann er so was von vergessen und vielleicht liegt die da ja nur zufällig rum mit nichts an. »Hörst du mir überhaupt zu?« Damit könnte Tom gemeint sein. Schwer zu sagen. Die Scheibe mit der klaren Optik ist ziemlich winzig und vielleicht treiben sich nebenan in den großen trüben Segmenten noch andere Hörste rum. »Ey du! Du bist doch so ein richtiger Mitteficker. Dann fick mich jetzt auch! Was soll ich sonst meinen Freundinnen sagen?« Ok. Zu dem Mund, der das gesagt hat, gehören Augen, die Tom jetzt aber doch eindeutig anstarren, besser was reagieren: »Ja, nä?« Toms Schwanz baumelt völlig entspannt in der Brise, seine Bällchen schlackern verspielt und »Wie – jetzt?« scheint ihr als Antwort auch nicht zu gefallen, die Alte tickt ja völlig aus, was Tom viel zu anstrengend ist, also lässt er sich lieber wieder wegdriften, auch wenn er dringend was zum Wegspülen bräuchte und auch gerne wissen würde, wer ihn alles an den Eiern packt. Schuld ist wahrscheinlich Weihnachten. Schon im Keim ein grandioser Abfuck und wer genau was angezündet hat oder wer wem Sachen in die Drinks geschüttet oder wer wessen Schwager gefistet oder wer das insgesamt alles nicht vertragen hat, interessiert Bohne. Kristallklar dagegen

Toms aufrichtiger Wille, es soft anzugehen, weil so oder so sowieso alle irre sind. Mit Sixpacks und Speedballs chillen ist dagegen 1A-harmlos und an Scheiß-Sylvester bleibt Tom zu Hause und freut sich an einer Schnüffelwanne voll Terpentin. Vielleicht hätte er weniger von dem Becherowka und kleinere Speedballs nehmen sollen und vielleicht hätte er nicht so horny sein und den Typ mit dem In-der-Tür-geirrt nicht so krass bespringen sollen. Möglicherweise war es fatal, die Fete der netten Studenten im zweiten Stock auszuchecken. Auf alle Fälle war es ganz geil, die nette Studentin in der Küche zu ficken, aber ihr netter Studenten-Freund hätte sich besser raushalten können sollen. Definitiv daneben war der hysterische Aufbruch ins WMF. Wer geht da schon an Sylvester freiwillig hin? Aber Ende Dezember ist eben so anstrengend, dass man auch mal die Eier lüften dürfen muss. Ist doch wahr.

DRAUSSEN IST ES KALT

Draußen ist es so kalt, dass Tom vom Einatmen Kotzen muss. Das Kotzen ist super und befreiend, aber die Schnecke macht den Mob und guckt plötzlich so, dass das wohl nix mehr wird. Tom steht schwer unter Strom. Tom fühlt sich verbraucht. Tom fühlt sich alt, labbrig und schlapp. Heul doch! Scheiß auf das Alter. Tom checkt mächtig durch die Gegend. Scheiß auf die Schnecke. Geht noch immer was. Es gibt Befriedigung jenseits vom Kiffen im Büroklo. Auch wenn ein Laptop vollgekotzt wird. Sollen sich nicht so haben. So was passiert eben. Tom macht drei Jobs, Tom checkt die Scheiße, Tom fickt die Kleine vom Job-Eins-Empfang, Tom versorgt alle mit den angesagten Bürostoffen, Tom hält die Ohren offen, Tom ist auf Zack, Tom übt Druck auf drei Chefs aus, Tom steht mächtig unter Strom. Scheiß auf den Nasenschorf. Wenn Eskimos zehn Wörter für Graupelschnee haben, kennt Tom tausend für Nasenschorf: »Wozu brauche ich denn bitteschön überhaupt eine Scheiß-Nase?« Zuletzt um '94 was gerochen, geht nur immer noch was rein. Tom ist mächtig auf Draht und checkt in den Club, frische Ärsche klarmachen. Hoppla, da kommt Tom. Durch Toms Kopf plärrt der Refrain von »It's my party«. Laut. Heiß. Die Luschen tuscheln. Die Luschen machen groooße Luschenaugen. Die Tunten sind trés tuntig und scharren mit den Boots. »It's my party and I'll cry if I want to, cry if I want to«. Tattoos spannen. Die Tschabos flüstern und stupsen. Tom macht »Buh!« Tom lässt Getränkebons flattern. Tom verschafft sich Luft. Die Hörste trinken was. Tom spendiert mehr Drinks. Die Lemminge kriegen sich wieder ein. »You would cry too, if it happened to you«. Tom wirft Scheinchen. Jägermeister checken. Wodkas checken. Tom kommt zur Sache: »Du gehst mir auch auf den Sack, ich scheiß dich jetzt voll.« Alles klar. Nicht schön, aber befriedigend. Tom atmet auf. »Play all my records, keep dancing all night. But leave me alone for a while. Til' Johnny's dancing with me, I've got no reason to smile.« Tom schwitzt und winkt. Tom schwingt seinen Arsch und beäugt andere. Tom pfeift. Und checkt weiter. Tom saugt Nippel und befummelt neue Ärsche. Tom lächelt.

Kein Tuten nur Blasen

ALLES AUF NIPPEL

»Zahnfleischgrinser lass ich auf keinen an meinen Schwanz! Deren Beißer sehen doch bitte echt mal aus wie fiese kleine Kneifzangen. Ich bin doch nicht bescheuert!« Tom glotzt belämmert, reckt seinen Arsch noch höher und sabbert Jägermeister: »Willst du mich jetzt volllabern oder endlich mal ficken?« Fehler. Jetzt ist der Horst eingeschnappt. Jetzt hängt die Horst-Nase überm Fläschchen, jetzt hängt der ganze Horst überm Spiegel. Fehler so weit und breit du ficken kannst. Die Resterektion ist futsch und das verknautschte Horst-Unterbewusstsein drängt an die Oberfläche: »Ich hab mal wieder Bock auf so 'ne richtige Techno-Techno-Arschversohlung!« Tom geht klar und rappelt sich hoch. Tom schnappt sich das Fläschchen. Tom schnappt sich den Schein. Tom klart auf und kommt in Stimmung. Tom tritt dem Horst ins Gemächt, Tom rammt sein Knie in die Horst-Fresse. Tom schluckt Jägermeister, Horst spuckt Blut und Zähne. Tom kommt auf den Geschmack und packt sich an seinem Beton-Schwanz, Tom stiefelt den Heul-Horst und wichst hart und hektisch, Tom spritzt dem jammernden Horst in die Fresse und verpisst sich. Scheiß-Horst, Scheißtag, Scheiße! Tom geht Bong rauchen und kriegt sich ein: Heute mach ich nur noch in Nippeln. Süße, verehrungswürdige Nippel. Nippel, von samtiger Haut mit zartem Flaum umspielt. Mit Nippeln kann nix schief gehen. Die Bong fährt und Tom blickt durch: Weg mit der

Vorstellung des männlichen Geschlechtsorgans nach übermäßigem Gebrauch! Die Ewigkeit verlängert meine Geilheit bloß, so wie der Trottel sein Unverständnis. Nippel sind das einzig Wahre! Tom tupft MDMA, Tom schleckt Absinth, Tom schwelgt in Nippel-Visionen, weichgezeichnet. Tom erklärt dem Taxi-Tschabo, dass Nippel ganz vorsichtig geleckt werden müssen. Tom verkündet den Türstehern von der Elastizität vorsichtig gekauter Nippel. Tom malt der Barfrau den Anblick eines ganz feinen Nippel-Härchens aus, an dessen Spitze ein Speicheltröpfchen wippt. Tom verkündet die Botschaft der harten Nippel am Klo. Tom predigt der Tanzfläche: Nippel-House! Weich wie ein 808-Bass, hart wie ein 909-Kick. Die sirrende Trance der HiHats und die knieweiche Entzückung einer Nippel-Hookline. Berührt mich! Leckt mich! Das Zeitalter des Nippels ist hier!

CAPTAIN SUBTEXT

Als Tom um die Ecke biegt, liegt ein Hauch von Nasenbluten in der Luft. Captain Subtext murmelt seinen Sermon von Angst und Gier, aber dann fängt er an zu kichern: »Man kann sich drehen wie man will, der Arsch ist immer hinten!« Tom bemerkt die Beule in seiner Hose und kombiniert, dass das der Frühling sein dürfte. Tom checkt sich einen großen Beutel Feinstaub und eine Fantasie mit knospenden Körperteilen und begeht das Wonneviertel mit einem traditionellen Melonenficknick. »Saftig, mein Lieber, saftig!«, eumelt Captain Subtext. »Niemand mag Klugscheißer!«, erwidert Tom und macht heute mal ganz früh in den Club, solide Barschlampen klarmachen. Aber zuerst hier die sanitäre Einrichtung anpeilen, den Captain abhängen und gleich auch mal die Frisur richten. Und Zeuge denkwürdiger Szenen werden: »Wie denn? Du willst hier jetzt nicht ficken?« Das Chick mobt und reckt Nippel, aber der Tschabo will wirklich nicht ficken, sondern winseln und da kriegt er doch gleich eine geschallert. Tom mag schlagfertige Mädchen, Tom mag Mädchen, die wissen, was sie wollen, Tom ist bis über beide Ohren verliebt. Tom säuselt, Tom offeriert Freidrinks und seine Eier. Das Chick rümpft die Nase: »Willst du auch was an die Backen?« Tom ist begeistert und beschwört seine frisch entflammte Liebe. »Ok, Porzellanpüppchen: Wenn du dem Fettwanst seinen schmutzigen Schwanz lutscht, darfst du mir einen Schnaps an der Bar kaufen!« Der Fettwanst wuppt Wampe, packt seinen Schwanz aus und lässt sich nicht bitten: »Eichellecken, Alter!« Tom stemmt Fett und mümmelt Dreck, Tom ist professionell und schlabbert salzige Bällchen, Tom kitzelt den Ständer mit seinen Bronchien, Tom ist nicht blöd und lässt die Ladung über seiner Schulter abgehen, als er das Aufbäumen der Adern spürt: »Was is bloß los mit euch Leutchen?«, empört sich der mieselsüchtige Fette, aber Toms Angebetete hat was zu lachen und drängt aufs Poppers-Stelldichein in der Kabine. »Du hast die schönste Pussy der Welt, sie hat die schönste Form, sie ist prall, heiß, feucht, duftend und singt wie keine andere!« Tom raspelt und trällert und nimmt einen tiefen Zug. »Sei froh, dass ich kein Miststück bin und steck ihn endlich rein!« Die Prinzessin hollert und inhaliert mächtig tief. So läuft das und der Captain kann scheißen gehen! Tom tänzelt zur Bar, Tom wirbelt mit mehr Feinstaub, Tom ist charmant, Tom spritzt Süßholzsaft, Tom wirft Pillen ein. Tom geht Wackeln, Tom sieht die Jungs mit ihren geilen Jeansärschen, Tom verliebt sich pronto schon wieder und das gleich drei Mal. Gleichförmiger Kopfbrei soll sich schleichen. Geile Welt!

CLUB DER OPTIONÄRE

Tom pisst und pfeift. Tom steht vor der Badewanne, pfeift »Lili Marlen« und versucht, genau eines der kleinen Löcher im Abflusssieb zu treffen, ein kniffliges Unterfangen, das auch durch die hereinschwappende Lysergsäure nicht gerader wird. Dafür schimmern die versprenkelten Tropfen wie ein getunter Golf: Vorne grün und hinten lila. Nett. Tom inspiziert das Badezimmer des Tschabos, mit dessen Geduld es nicht weit her sein kann. Tom hat jedoch keine Lust, dem Trottel auf den Bauch zu kacken: Was ist bloß los mit diesen Leutchen? Scheiß Internet-Bekanntschaften. Und warum müssen die immer alles abkürzen? Aber ein nettes Badezimmer. Der mieselsüchtige Spacko versucht es jetzt mit Hämmern an der Tür, Tom dreht das Radio auf und konzentriert sich aufs Lineslegen: Sauber im Fliesenraster ausgerichtet sieht dieses Gramm gleich richtig lecker aus. Tom zieht, Tom kommt hoch, Tom guckt sein Spiegelbild blöd an und prompt melden sich Schwindel und Erektion. Na prima. So geht das hier nicht raus. Tom kippt verschiedene Shampoos und Duschgels auf seinen Schwanz, Tom freut sich an den farbigen Schlieren und fummelt an seiner Eichel bis ein kleiner Geilheitsschauer die Papers wieder vor das Koks schiebt und die vollgepisste Badewanne 30 Zentimeter über dem Boden wabert. Das Radio singt »La la la la Laaa la la«, Tom robbt zu seiner Jacke rüber, um an mehr Pulver zu kommen, und verschmiert dabei den

Shampoo-Cocktail auf dem Boden, Tom zieht direkt aus dem Pack und quetscht sich die Eier, Tom kommt richtig in Fahrt und ins Rutschen und ans Onanieren, das kleine Badezimmerregal scheppert fröhlich, Tom zuckt, Tom krümmt sich, Tom kommt und spritzt sich selbst ins Gesicht. Tom schleckt Sperma und glitscht weiter über den Boden bis vor seinem Gesicht ein zertrümmertes Fläschchen Nagellackentferner auftaucht und Lösungsmittelschwaden Toms Hirn wachrütteln: Jetzt mal aufraffen, ablecken, runterschlucken und mal wieder auf die Füße kommen, muss doch gehen, irgendwie. Tom zieht sich am Waschbecken hoch und schafft es, nicht gleich wieder hinzuschlagen. Tom entdeckt mehr Nagellackentferner, Tom stiert in sein Spiegelbild und findet sich abstoßend. Postkoitale Gemütlichkeit, präpotentes Gegrinse, zum Kotzen. Tom schnappt sich den Fön und semmelt sich ordentlich auf Nase. Sauber. Und nicht mal umgefallen, nur die Optik braucht einen kräftigen Schluck Rasierwasser, um wieder korrekt zu fokussieren: Tadellos eingehauene Nase, schwillt schon tüchtig und blutet auch wie Sau. Tom leckt noch ein Päckchen aus, pfeift auch schon wieder fröhlich und macht mal rüber in den Club der Optionäre: Dieses beknackte Badezimmer ist sowieso ein Saustall. Draußen scheint die Sonne, Blut trocknet, Tom blinzelt, Tag sagt Hallo: Lässt sich alles mit einem schnellen Jägermeister in den Griff kriegen.

KÄFERKUMPEL

Tom frühstückt Schnapsmüsli und Acidwurst. Die Zeitung sagt: »Rumänische Nonne bei Teufelsaustreibung gestorben«, Tom gießt noch was Schnaps ins Müsli. Die Zeitung verkündet »Immer mehr Arbeitslose werden frech«, Tom bemerkt wie verdammt dreckig seine Küche ist und stellt Mutmaßungen über die anderen Räume an. Tom will gerade aufbrechen, um das eingesaute Badezimmer zu inspizieren, als er einen Brösel schwarzen Afghanen auf dem Tisch entdeckt. Tom malmt einen großen Happen Müsli und greift nach dem Brösel, der sich daraufhin ziemlich selbstständig in Richtung Acidwurst aufmacht. Das ist kein Brösel, das ist ein Käfer. Tom sieht seine Schmutzvermutungen bestätigt und erklärt: »Ok, Käfer: Jetzt lernst du den Unterschied zwischen Totstellen und Zermatschtwerden!« Aber der Käfer ist nicht blöd und verspricht: »Wenn du mich nicht zerquetscht, zeige ich dir meine dummen Vettern und Cousins, auf denen kannst du volle Kanne rummatschen!« Tom kriecht unter der Führung seines neuen Käferkumpels über den Küchenboden und drischt mit der Wodkaflasche auf die Käferverwandtschaft ein. Tom schwitzt und findet, dass sein frisch erwachtes Reinlichkeitsempfinden schon exzellente Fortschritte macht, als Käferkumpel erklärt: »Ok. Die machen keine Faxen mehr – jetzt kannst du sie rauchen!« Tom bröselt sich den Käfermatsch in Old-School-OCBs und inhaliert den Insektenrauch richtig schön tief. Käferkumpel kichert fies, morpht auf Toms Größe und macht seinen Anteil am Schnapsmüsli geltend. Tom hat jetzt Respekt vor Käferkumpel und lässt sich soft in den Wahn der Insekteninhalation gleiten: Eigentlich ist Tom ja arbeitslos, sein Fluff-Boy-Agent hat sich seit Monaten nicht mehr gerührt und vielleicht ist es echt Zeit, frech zu werden. Tom piept seine alten Fluff-Boy-Kollegen Oskar und Gregor an: »Na ihr gierigen Schweine? Immer noch bücken wollen?« Aber Oskar und Gregor haben neue Pläne ohne dicke Schwänze im Mund: »Tom, du Sau! Wir haben es satt, dass bei uns nie einer kommt! Willst du einen Listenplatz?« Verlockend, doch Käferkumpel sabbert fies am Schnapsmüsli und Tom geht vorsichtshalber seinen Flur saugen: Den letzten Fuffi einrollen und immer an der Scheuerleiste längs kräftig ziehen. Toms Nase ist saugfähig und pfundweise Staub, der die drolligen Reste vergangener Späßchen umhüllt, entfaltet seine Wirkung in Toms Hirn: Wohnung ist eh sauber, Küche gehört Käferkumpel, Oskar und Gregor sollen scheißen gehen. Hausputz ruled voll ok!

LESBENJAGD

Tom hat Sand in den Zähnen und Smegma im Schritt. Umgekehrt wäre auch lässig, ein einleuchtend brutaler Teufelskreis. Clubfrische ist eben immer auch Risiko: Organischer Dreck, Insekten, Komfortwüste. »Was machst du da?«, fragte das Chick. »Wespenjagd«, sagte Tom. »Lesbenjagd?« – »Ja, logo Lesbenjagd. Gerade hab ich eine an der Heizung erwischt.« Auch One-Night-Stands können stressen. Und auch aus der eigenen Wohnung kann man prima abhauen, um Jägermeister und Kippen zu checken und auf unbestimmte Zeit zu verschwinden: »Lass ma an den Köpenicker-Strand machen«, erklärt Tom dem Taxihorst und der chauffiert da auch ganz vernünftig hin und Sound und Checkung gibt das auch da. Tom jeanst, Tom peilt, Tom grient, Tom spendiert, Tom ist obenauf, Tom kommt sogar drauf, dass Insektenstiche voll geil zecken. Dann taucht ein spuddeliger Hippie auf und fordert Tom zum Erdloch-Battle und Tom verliert. Tom hat Sand in den Zähnen, Tom hat Smegma im Schritt und kann sich keinen Zentimeter bewegen. Einzementiert in den Stadtstrand ist Tom gezwungen, die Tschabos, Chicks und Hörste im Frischluft-Delirium zu beäugen. Fickfroschperspektive. Tom kriegt Bierspritzer ab, Tom fallen Pillenviertel in den offenen Mund, Tom inhaliert passiv, Tom gibt sich hin, dann regnet es und die Tschabos, Chicks und Hörste verschwinden. Tom sinkt ein bisschen tiefer in den Sand, später noch viel tiefer. Augen zumachen wäre ein Super-Feature, aber Tom ist der Erdlochgott und muss da jetzt durch, auch bei Regen. Dann kommt die Sonne wieder und treibt die Tschabos, Chicks und Hörste erneut in Toms Sichtfeld: Klar ey, gib mir deinen leckeren Muh-Saft, logo ich hör dir zu, du spuddeliger Spuddelkopf und ein kleiner Schwanzdreher für zwischendurch schadet auch nie. Tittenmäuse hoppeln, Easy-Jet-Trottel verschütten, Optikopfer rauchen, Übriggebliebene taumeln, ganz Fertige stieren. Vorne schwenkt eine magersüchtige Ausdruckstänzerin ihren Kulturbeutel, links hacken sich Hüpfdrosseln durch House-Reste, rechts sabbert ein Nackter mit Hut und Tennissocken. Das ganze Freiluftrumgetanze und -rumgemache macht Tom endgültig so wuschig, dass er auch sein Extremitäten wieder bewegen kann: Aufrappeln und ein bisschen Bummel auf dem Basar geht immer: Tom findet den spuddeligen Hippie und macht ihn im Eimer-Rauchen fertig, Tom schwitzt wie ein Schwein, Tom sagt Hallo: »Ohne die Zunge von deinem Flitzchen im Hals gar nicht erkannt, Alter«, ein Tschabo reißt Tom die Cola-Flasche weg: »Muss Pille schlucken!« Was ist bloß los mit diesen Leutchen? Der Taxi-Horst bringt Tom zurück in seine Wohnung und das Chick fragt: »Sind die Lesben immer noch an der Heizung?«, Tom ordnet an: »Lass uns Ficken!« und alles in allem endet nicht nur buddhistisch kreisförmig, sondern auch befriedigend.

SCHWANZPAUSCHALE

Captain Subtext macht Party mit Koks und Schlampen in Toms Hypothalamus. Tom schafft es nicht, sich die Schuhe zu binden und wird ungehalten: »Mein Scheißhirn ist kein Puff, du Spacko!« Der Captain zieht und sieht das anders: »Dein Scheißhirn ist mein Bordell und dein Scheiß-Hypothalamus ist mein Scheiß-Backstage, also schieb ab.« Tom klappert in Clogs in den Club und meidet die Tanzfläche. Tom und der Mitteficker ziehen Bilanzen an der Bar: »Highlife is lowlife, life is live«, verkündet der Mitteficker. »Genau, Alter! Es gibt keinen Underground, es gibt keinen Overground, es gibt nur noch Ground!«, labert sich Tom die Eier wund. Andererseits: »Wegen gutem Opium hat noch niemand zu enge Hosen getragen.« Tom und der Mitteficker sehen es ein und beschließen ein vernünftiges Leben ohne Knallo-Ballo. Tom geht nach Hause, mit dem Käferkumpel abhängen und abwarten, wie sich das mit der Fitness so entwickelt. Nach zwei Stunden ist Tom fad, außerdem fühlt er sich noch kein bisschen fitter in der Birne. »Hauptsache nicht Ausgehen, das ist ja wohl der entscheidende Stressfaktor für Teint und Karriere.« Tom findet Cognac und Pervetin-Reste und macht es sich vor dem Fernseher bequem. Die Doku über gutgebaute Landser in Kandahar macht Tom sofort rattig und als die Jungs sich obenrum freimachen, um Mohnfelder abzufackeln, saut Tom sich die Hose ein. Toms Schwanz macht keine Anstalten zu schrumpeln und als Tom aus dem Fenster blinzelt machen ihn die Mülltonnen im Hof scharf. Scheiß Nazi-Meth. Tom raucht 40 Zigaretten und onaniert vor dem Spiegel. Tom blättert Celine und findet amputierte Totschläger und Wegtrinker geil. Toms Schwanz ist jetzt zwar konstant dreiviertelsteif und schon ein bisschen wund, aber Tom will immer noch alles ficken, was sich bewegt. Schwanzpauschale. Tom surft Pornos und quetscht sich die Eier, doch als er nach fünf Stunden endlich kommt, bleibt seine Schwanzspitze staubtrocken. Tom bemerkt die blutigen Stellen und dass jeder Griff schon länger richtig schmerzt. Tom schmiert sich Wundsalbe auf den Schwanz und sagt zum Käferkumpel: »Zuhause bleiben ist in Wirklichkeit noch viel stressiger, ich mach in die Clubfrische.« Tom hält Klönschnack an der Garderobe. Tom nippt ein köstliches Mineralwasser an der Bar. Tom klebt sich noch ein Nikotinpflaster auf den Bauch. Tom gönnt sich eine Cola und wackelt seinen Arsch über die Tanzfläche. Tom erholt sich prächtig.

AFTERHOUR

Tom kommt an und es geht los. Ärger mit den iPod-Nazis. Tom hat die Faxen so was von dicke und tritt Eier. Die iPod-Nazis jammern, Tom lässt sich von einem Kerl mit Jesus-Tattoo am Bauch zu einer Afterhour zerren. Schmutz-WG mit Deppen an Decks. Tom ist charmant, Tom raspelt Süßholz, Tom und der Kerl mit dem Jesus-Tattoo am Bauch gehen aufs Klo, Jesus kriegt den Silberblick, aber sonst geht nichts. Die Schmutz-WG ist jetzt bummsvoll, Schwachmaten, Aschenbecherkaskaden und Dummschwätzer, Flagellanten, angepisstes Bier und Hektiker, die Nachschub organisieren. Tom macht Konversation und kriegt Gähner, Tom stellt sich dumm und wird mit Verachtung gestraft, Tom ist überflüssig und alt. Tom kriegt einen Hocker am Couchtisch und grinst nach links, doch die fette Tussi und der C-Klasse-DJ ignorieren ihn. Tom grinst nach rechts, aber das Tuckenpärchen hat mit Nippellecken und Dehydrieren zu tun. Tom schnappt sich einen kopierten Schwarz-Weiß-Flyer und nestelt rum bis nur noch Krümel übrig sind, Tom greift sich einen neuen Flyer und zieht die scharfe Papierkante leicht zwischen zwei Fingern durch. Die fette Tussi, der C-Klasse-DJ und das Tuckenpärchen sind beschäftigt, Tom starrt auf seine Hand und zieht die Kante noch einmal durch, diesesmal richtig mit Schmackes, genau zwischen Zeige- und Ringfinger. Tom würgt, Blut sickert, die fette Tussi kreischt, der C-Klasse-DJ wird hysterisch, das Tuckenpärchen glubscht ausgetrocknet. Tom fühlt sich großartig und grient ins Chaos, das sich konzentrisch im Zimmer ausbreitet: Na ihr Wichser! Die fette Tussi wickelt Toms blutende Hand in ein Papiertaschentuch, rote Brösel fallen auf den Boden, dann kommt jemand mit einer Rolle Klopapier und Toms Hand ist ein Klumpen, an dem nur noch an einer Seite ein bisschen Blut rausrinnt. Inzwischen ist sogar die Musik aus und es wird peinlich, Tom macht sich vom Acker, bevor einer der Verstrahlten einen Krankenwagen ruft. Draußen ist es schon wieder dunkel und die Luft noch feuchter, aber Tom pfeift sich eins und hoppelt fröhlich die Straße runter, bis er peilt, dass das hier Zehlendorf ist und überhaupt kein Geld mehr da. In der S-Bahn geht alles klar, Trolltouristen mit Butterbrotfingern glotzen, die Bahn ruckelt, dann geht Tom der schmutzige, blutige Klopapierbatzen doch noch richtig rein und er kotzt kurz vor der Friedrichstrasse ein bisschen Galle an die Tür. Aber alles schubi: In Mitte geht immer ein flotter klitoraler Espresso.

FEUCHTE TEENS, HART GERITTEN

Schleim in der Nase und Schmerz im Arsch: Als die Temperatur unter den Gefrierpunkt fällt, eskaliert Toms Karriere in den schwammigen Bereich: »Nie wieder bücken, trotzdem immer saubere Schuhe«, erklärt der Steuerberater. Tom schluckt Bier und angelt noch ein Knick-und-Riech aus der Hosentasche mit dem Loch, durch das er bequem sein linkes Ei kitzeln kann. Der Steuerberater spritzt mehr Bier über Toms Quittungen: »Ohne frisches Geld bist du am Arsch.« Tom schnüffelt Knick-und-Riechs, der Steuerberater kotzt aufs Faxgerät. Knapp später ist plötzlich das Bier aus und Tom verpisst sich. Im Fitnessvideoverleih angelt Tom sich erstmal ein Erdbeerglubschie aus dem Kühlregal, dann schlendert er durch die Comedy-Abteilung und streichelt sein linkes Ei. Tom schlabbert Erdbeerglubschie und beäugt Trolle: Cruisen da bei den Actionfilmen rum. Fleckige Furzgesichter, die am Ende sowieso »Feuchte Teens, hart geritten« mitnehmen. Tom füttert seine Dauererektion mit Knick-und-Riechs, Tom beschließt, dass es Steuerberater einfach nicht bringen, Tom hat dringend Bock auf noch ein Glubschie. Die kalte Luft vor dem Kühlregal knallt zeckig und provoziert Muskelzuckungen. Tom kann sich nicht entschließen, ob er mehr Erdbeer will, oder doch lieber mal Schoko, aber auf den Dosen der Proteinschlürfs grinsen übertrainierte Bunnys und schubsen Toms Fokus in die Fickzone. Tom stolpert, Tom fasst sich sicherheitshalber in die Hose, dann werden die Zuckungen richtig schlimm und Tom kracht ins Kühlregal. Während die Trolle hysterisch nach der Feuerwehr quäken, hat Tom eine fehlfarbige Vision mit drei übertrainierten Bunnys. Während der Fahrt ins Krankenhaus machen die Bunnys irre Sachen mit ihren Ärschen und als der Hilfsarzt Toms gebrochene Hüfte eingipst, machen die Bunnys irre Sachen mit Toms Arsch. Toms Rollstuhl wird in der Raucherecke der Besucherzone geparkt, weil das gratis ist. »Mein Name ist Harald Vierziger und wenn Sie hier, hier und hier unterschreiben würden, hätten wir den Papierkram auch schon erledigt!« Harald Vierziger ist schrecklich fett und schwenkt gelbe Formulare in einer transparenten Plastikhülle. Tom fasst sich zur Kontrolle an den Schwanz, der immer noch 1A steht. Tom bemerkt Harald Vierzigers schweren Schweiß, die dicken schwarzen Haare auf seinem Handrücken und das Asthmaspray mit dem Deutschland-Aufkleber: »Das ist nicht konsistent, Harald«, stellt Tom fest und beweist Kopfstärke.

TOMS BLUMENKIND

Die harsche Stadt erstarrt in kranker Kälte. Graugesichtige Bewohner verlieren die Contenance, sabberndes Lumpenpack bettelt um Zuneigung, gestandene Schupos heulen Rotz und schämen sich nicht mal die Bohne. Als die Selbstverbrennungen auf dem Alex Überhand nehmen und der letzte Getränke-Hoffmann geplündert ist, schmeißt Tom den Job als Vaseline-Caddie der Gangbanggang und hält Winterschlaf. Tom onaniert sich gerade in einen angenehmen Traum und ist schon ganz dämmerig, als Captain Subtext ihm die Phantasie mit rothaarigen Zwillingen in Nonnenkluft ohne was drunter unterjubelt. Tom spritzt quer durchs Zimmer und saut die Büchse mit dem Kleingeld, geborgte schlaue Bücher und die tote Pflanze im kaputten Topf ein. Tom nestelt noch an den Tempos, als die tote Pflanze im kaputten Topf frappierend schnell eine erstaunlich hässliche, kolossal übelriechende Blüte treibt: »Ich bin dein missratenes Blumenkind und wenn du mich schon nicht liebst, dann gib wenigstens Schnaps!« Tom glotzt saublöd. »Glotz nicht saublöd, schütt einfach Wodka in den Topf, aber nicht den Fusel für Gäste, ich will den guten Stoff, schließlich bin ich immer noch dein Blumenkind!« Tom verzieht sich aufs Klo, aber als das Genörgel nach einer Stunde nicht aufhört, kippt er Crystal-Stoli in den kaputten Topf. »Old-Skol!«, brabbelt das Blumenkind und macht ein Bäuerchen. Tom gewöhnt sich an die halbe Schnapsdosis, Tom teilt Bong und Pfeifchen mit dem Blumenkind, Tom düngt mit Koks. Das Blumenkind ist drei Tage selig, dann werden die Ansprüche gediegener: »Du Scheiße auf Beinen hast Mama vertrocknen lassen, jetzt musst du mir einen Adventskalender basteln!« Tom bastelt den Adventskalender, Tom backt Plätzchen, Tom checkt die Bussi-Bär-CD mit überkonfessionellen Winterkinderliedern. Vier Tage vor Weihnachten stellt das Blumenkind die Lage klar: »Jetzt schmück meine tote Mama mit ordentlich Kitsch-Kram!« Tom glotzt saublöd, aber dieses Mal kann er sich wieder fangen: »Wozu habe ich Papi totgeknüppelt und Mama gefickt? Bestimmt nicht, um dich mit Lametta vollzuhängen und ranzige Weihnachtslieder zu heulen.« Das Blumenkind weint die ganze Nacht, dann dekoriert Tom die tote Pflanze im kaputten Topf mit Minidiscokugeln und macht einen großen Topf Rohypnol-Rum-Punsch für sich und das Blumenkind. Als Tom Sylvester aufwacht, wahnt das Blumenkind noch tief im Rohypnl-Rausch. Tom überwindet seinen Ekel vor dem Geruch, der inzwischen noch übler geworden ist, Tom schaut sich sein Blumenkind genau an. Tom stellt fest, wie abgrundtief hässlich sein Blumenkind ist. Tom ist gerührt und muss ein bisschen weinen. Dann gallert Tom den kaputten Topf aus dem Fenster und checkt in den Club.

PIMMEL-ITALIENER

»Ich bin sensibel. Ich merke, wenn Frauen spüren, dass ich sie hasse«, denkt Tom als er beim Pimmel-Italiener durchs Klofenster klettert. »Sie hat mich verlassen, um sich an reiche Männer mit Holzbein, Glasauge und eiserner Lunge ranzuschmeißen, da kann sie die Pimmel-Italiener-Grappas auch mal selbst zahlen.« Der Hinterhof stinkt nach vergammelten Fischköpfen und Gras, außerdem muss Tom über eine Mauer mit zementierten Glasscherben drauf klettern, um zum nächsten Hinterhaus zu kommen. Tom sucht und findet Motivation in seinen Taschen. Tom haut sich drei Knick-und-Riechs rein, Tom schlabbert Reste aus einem zerknitterten Briefchen und schluckt billigen Kräuterfusel. Tom hampelt auf eine Mülltonne und saut sich mit Fischglibsch ein, Tom kreucht auf die Mauer und reißt sich Hosenboden mit Arschfleisch an den Glasscherben auf. Tom rasselt auf der anderen Hofseite in den Matsch und beschließt, dass Pimmel-Italiener und Mauerkronen ihn kreuzweise können. Tom taumelt los und wackelt durch die nächste Tür. Der Raum erinnert Tom an seine Zeit im theologischen Seminar, gewischelte Wände, ein Dutzend Männer am Rande des Nervenzusammenbruchs sitzt im Kreis und schaut saublöd aus der Wäsche, einer steht und trägt was vor: »Ich heiße Martin und bin kokainabhängig.« Tom spürt, wie Blut an seinem linken Bein Richtung Socke suppt und da ihn alle anstarren, lässt er auch Senf ab: »Ich heiße Tom, mein Arsch ist aufgerissen und ich stinke nach Fischglibsch.« Die Männer am Rande des Nervenzusammenbruchs glubschen, bis sich der fette Werbefritze mit Salzschweißrändern am Sakko räuspert: »Womit auch das geklärt wäre. Dann können wir ja endlich zu ‚Joachim' gehen und uns dichtlöten.« Die Anonymen Kokser, Sektion Berlin Mitte [AK-BM], streiten sich noch ein bisschen darüber, wer die Tafel abwischen muss, dann brechen sie unter einer Menge Gesabber auf und torkeln um Ecken. Tom lässt sich mittreiben und kriegt von »Martin« erklärt, dass sich die AK nach ihren täglichen Sitzungen immer richtig zusaufen, aber nicht im Kiezfreiraum, weil sich da auch anonyme Alkoholiker rumtreiben. »Du siehst übrigens gut aus in deinem Elend«, beendet »Martin« seine Erklärungen und fummelt zu tief in der Hosentasche und schon laufen die AK-BM mit Tom im Schlepptau in »Joachims« Loft ein, um sich umgehend am Wodka gütig zu halten. »Joachims« Loft ist schön geräumig und wird von einem fünf Meter großen Schwanz dominiert, einer exakten 1:20-Nachbildung von Willi Alfredis berühmtem Pornolümmel. Der Monsterständer ist mit bordeauxrotem Samt verkleidet und die Eier bilden eine kuschelige Sitzlandschaft. Tom haut sich zwischen die Samtklöten, Tom kippt Drinks, Tom blubbert Bongs, Tom dämmert zwischen Willi Alfredis Eiern weg. Tom träumt die nächste Afterhour, jemand hat ihm was in die Pille getan und die Hengste stehen Schlange: Alles wird gut!

FROSCHHAUSBREI

»Lass den leckeren Muh-Saft spritzen«, ermuntert Tom den französischen Star-DJ im Schlauba-Club zu mehr Dynamik: »Haste noch Bons – da fällt mir ein, kennste den? Also pass uff: Wieso könn' Nazis nich mixen? Hä? Hä? Weiste nich, du Pipifax, wa? Aber jetzt machste trotzdem ma schneller, dieser Froschhausbrei nervt!« Tom hibbelt Offbeat von Fuß zu Fuß, Tom schreit: »Ihr seid so Scheiße leise!« Tom grabscht sich Bier und Kippen vom Star-DJ: »Schon mal im Kloppepussy aufgelegt? Da geht das ab, Alta! Kannste ma globen! Nich son elendes Geschwofe wie hier!« Tom fuchtelt und kippt Bier über die Decks. Zum Abschied treten die Bouncer Tom nochmal mit Schmackes vor den Kopf: »Sprudel ab und denk nich mal dran!« Tom rappelt sich aus dem Dreck und starrt in den Nachthimmel über dem Schlauba-Club, der zwei eiskalte, fette Regentropfen in seinen offenen Mund fallen lässt. Für einen kurzen, klar abgehackten Moment ruckelt sich Toms Hirn synchron zur populären Wirklichkeit. Erst kommt der Blitzständer, dann der Plan: »Ich buddel mich einfach bis zum Darkroom durch! Das kriegt ihr gar nich mit, Sackgesichter!«, gibt Tom Bescheid und schmeißt sich mit Schmackes in den Matsch. »Look how ubercool this dude is partying – it's so deutsch!« Tom nimmt sein Gesicht aus dem Modder und schubst die neuen Rave-Kumpels ins Taxi. »Habt ihr Geld, Gras und Pillen? Wat? Kirschen? Kannste vergessen, wo habt ihr Wackelpuddings euch denn den Schrott andrehen lassen?«, stellt Tom klar und schmeißt das Dutzend Kirschen aus dem Fenster: »Da könnta ma sehen: Die zecken nich, die Teile! Aber jetzt sowieso besser Wodka saufen – da fällt mir ein, kennt ihr den? Wieso können Nazis nich mixen? Hä? Hä? Wista nich, wa?« Als Tom vom Pissen kommt, sind die Spanier weg, aber dafür eine besoffene Lehramtsschlampe da: »Du fragst dich bestimmt, warum ich so Matsch innen Haaren habe, wa?« Die Amtsschlampe hat keinen Schimmer, aber zu Doppellagen Cognac sagt sie bestimmt nicht nein. Ganz Gentleman greift Tom beherzt an ihre linke Titte, um kleine Durchsacker abzufangen. Die Amtsschlampe lächelt dankbar, aber als sie was sagen will, läuft ihr der Sabber übers Kinn: »Jetzt hab ich mich volles Rohr in dich verliebt!«, stellt Tom gerührt fest. »Und wir beiden Hübschen machen jetzt ins Kloppepussy rüber, die ham da bestimmt was gegen dein' Sabber – und anner Garderobe sind Kumpels, da könn' wa gleich ne Nummer bei die Mäntels schieben!« Die Amtsschlampe mag Männer mit Initiative und dirigiert Tom von der linken an die rechte Titte um: »Tür da längs!« Im Kloppepussy hängen die üblichen Schwanzlutscher ab und Tom kriegt Oberwasser: »Easy! Gleich kommt Schlumpf mit die Knick-und-Riechs, wir werden ordentlich horny und können dufte ficken bis die Tanzfläche nich mehr so voll ist!« Tom hat das exakt im Griff.

HARTHORST PRESENTS: HALBHORST

ALLES HALB SO SCHLIMM!

STABILE BARLAGE

Am Ende der Bar muss ein dicker Junge mit Pickelproblem weinen. »Gibts keinen Schwanz, der dieses Maul mal gründlich stopft? Wir versuchen hier zu trinken«, zetert der Mitteficker und ordert Doppellagen Cognac. »Heulen stört die stabile Barlage,« sekundiert Tom und zerbeißt eine 5er-Ampulle Testosteron-Schleck, woraufhin sein linkes Ohr blau anläuft. »Vorkriegsware!«, stellt der Mitteficker anerkennend fest und drückt Tom einen Cognac: »So was stellen die heute gar nicht mehr her!« Der Mitteficker behält seinen Connoisseur-Blick auf und dreht sich zum dicken Jungen mit dem Pickelproblem um: »Und du Praktikant hörst jetzt mal auf zu flennen. Klar, jung sein ist scheiße und es zieht sich auch ordentlich. Entspann dich einfach und schau zu, wie Morgen dauernd besser wird, weil du Gestern immer armseliger sein wirst. In 20 Jahren hastes dann genauso gut wie der Sack hier!«, erklärt der Mitteficker und tätschelt Tom liebevoll über den Kopf. Tom fällt sofort vom Barhocker. Tom blinzelt, Tom sieht wie sein blaues Ohr im Spiegel des Eiswürfelbehälters aufblitzt, Tom scheddert auf dem Arsch. Was gut ist, weil fünf Packpapierpäckchen mit Doppeldutzend 5er-Ampullen Testosteron-Schleck seinen Sturz auffangen. Allerdings dampft die konzentrierte Lösungsmittelwolke Tom den Hosenboden weg und nur das beherzte Cognac-Hinterherkippen des Mittefickers bewahrt Toms blanken Hintern vor Säure-Aua. »So. Jetzt kannste dich nützlich machen, Praktikant: Bring den aufs Klo, aber zu den Mädchen, da isses jetzt noch sauber, und da hilfste ihm bei den Glassplittern, da kommt er doch alleine gar nicht ran.« Nachher saugt natürlich die gierige Klogang alle Scherben aus Toms Backen und der dicke Junge darf nur Cognac nachschenken und Bällchen lecken. Tom raucht, Tom schwitzt aus den Nasenlöchern, Tom räsoniert über die menschliche Kondition. Die Lutscherei am Chassis fördert die Durchblutung, bald hat Toms linkes Ohr nur noch einen Stich ins Grünliche, Tom jeanst zurück an die Bar, um den Mitteficker ins Bild zu setzen: »Ich bin Gott!« Der Mitteficker trinkt schweigend und denkt, dann ist alles klar: »Du bist Gott, aber ich bin auch Gott! Oder besser: Halbgott, weil die haben längere. Deiner hängt hier übrigens so ganz luftig rum, besorg dir mal ne Hose.« Tom geht wieder in die stabile Barlage und beobachtet verträumt, wie seine göttlichen Eier, immer noch speichelnass, an der Hockerkante schaben: »Ich bin schon so Alkohol, ich lass es einfach weiterfließen.« Alles wird dauernd immer besser.

FRÜHLINGSGEFÜHLE

Als es wärmer wird, liegt die Stadt im Bette und reibt sich die Geschlechtsteile wund: Studenten schieben den Maulaffen vors Café, am Trottoir aalen sich Rotzlöffel in der Sonne ihres verkommenen Lebens und auf dem Spielplatz kippen Väter Dosenbier, während sich die Kleinen Sand in die Socken stopfen. Tom würde jetzt gerne nach shoppenden Tourischnepfenärschen schielen, auf den Beginn der Checker-Saison im Park prosten oder andere Frühlingsdinge knuddeln, aber Tom ist unpässlich. Völlig mittellos und außerdem nervt der dicke Pickel auf Toms Stirn: »Du hast einen winzigen Penis! Da würde ich auch Frust schieben, am besten du drückst mich jetzt erst mal gründlich aus.« Aber Tom drückt lieber seine Eier und trinkt Bier, dann versucht er sich auf die Fantasie mit den blonden Zwillingen einzugrooven, doch sein Schwanz bleibt halbsteif und er bekommt schwitzige Füße. Tom starrt ein bisschen auf die Raufasertapete und wackelt mit seinen kalten, abtörnig glibschigen Fußsohlen, der Pickel glüht, nässt und keift: »Quetsch mir den gelben Saft raus, du abgefucktes Luder!« Tom ruft lieber den Arzt an, der ihn mit Testeron-Schlecks versorgt: »Ich habe da einen Knochenschüttler in den Füßen, von dem muss ich dauernd zwischen den Zehen schwitzen, ganz schlimm wird es, wenn ich meinen Schwanz in die Hand nehme.« Tom wird umgehend ins Krankenhaus einbestellt: »Du hast Raver-Nephrolithen! Großartig! Die Kristalle in deiner

Harnröhre sind eine pharmakologische Rarität, fährt wie die Drecksau!« In der Urologie-Notaufnahme ist alles vom Feinsten, Massagestühle im Wartezimmer, Nirosta-Panele an den Wänden und exquisites belgisches Lichtdesign. Toms Doktor trägt »Nip/Tuck«-Chic und spritzt gerade zwei Liter Kochsalzlösung in den Sack von einem Horst, der von einer Masken-Maus orange angepinselt wird für das Shooting einer Fetisch-Kampagne der Berliner Stadtreinigung: »Schwester Angelika wird deine Nephrolithen gleich mit dem Stoßwellengenerator zertrümmern, dann verpasst sie dir einen Magenbeschleuniger und Ratz-Fatz pisst du die Krümel raus!« Tom strullt violett schimmernde Kristalle ins Sieb, Schwester Angelika bedient den Elektro-Mörser, der orange Horst mit dem aufgeblasenen Sack legt Lines und die Masken-Maus reicht ein Stahlröhrchen herum. Sechs Stunden später hat Tom Probleme mit Sprechen und Gehen, außerdem ist sein Vertrauen ins Gesundheitssystem erschüttert: »Die Massagestühle sind Fake und dahinten gibt's ein Loch im Boden, in dem ein sabberndes oranges Tier steckt.«

NERVENFLATTERN

Es kommt der Tag, da wird die Säge sägen: Als Tom aus der Ohnmacht erwacht, ahnt er schon, dass diesmal etwas anders ist als sonst. Sein »Sorry, Schätzchen ...« verhallt ungehört, aber Tom weiß eigentlich schon vorher, dass er echt alleine in der Dusche war. Andererseits: Die Erinnerung an diese speziell entzückenden Arschgrübchen und auch die Erinnerung an dieses speziell geile Gerammel stehen ihm klar vor Augen. Tom, das zitternde Wrack. Schlaf ist dringend von Nöten, ganz viel Schlaf, Valium und Viagra. Tom liegt im Bett und betet zum lieben Gott, dass alles wieder gut werden soll, und dass er auch bestimmt ein guter Tschabo sein wird, so allgemein in der Zukunft und ganz besonders nächstes Wochenende, wenn der liebe Gott nur dieses eine Mal Erbarmen zeigt, und ihm, dem gefallenen Horst Tom, bei seinem hässlichen Simultandelirium mit dem lästigen Nervenflattern unter die Arme greifen würde: »Wär' echt knorke, Keule!« Der liebe Gott ist sofort einverstanden und erklärt Tom die Regeln: »Du hast drei Wünsche frei, einfach loslegen, bin ganz Ohr!« Tom blinzelt, Tom riecht den Braten, Tom schaltet blitzgeschwind: »Scheiß doch auf den philosophischen Kack! Mein dritter Wunsch ist, dass du meinen Schwanz lutschst!« Der liebe Gott schaut Tom dankbar an und sinkt auf seine Knie. Tom bemerkt, dass Eigelb-Krümel in Gottes Bart hängen und diesen ganz speziellen, schluckwilligen Ausdruck in Gottes Augen. Dann nimmt der liebe Gott seine dritten Zähne aus dem Mund und die Schamlippen einer 89-jährigen lächeln Tom erwartungsfroh an. Tom kriegt endgültig die Motten und macht sich vom Acker, der liebe Gott kniet noch ein Weilchen, dann schiebt er sich das Gebiss wieder in den Mund, zuckt mit den Schultern und trollt sich. Tom liebäugelt zuerst damit, gründlich dem Leichter-als-Luft-Prinzip zu frönen, um die unsägliche lieber-Gott-Nummer zu verdrängen, aber dann beschließt er, lieber nochmal von vorne anzufangen und besorgt sich noch eine Ohnmacht in der Dusche. Scheiß auf den Übermorgen-Konflikt!

GESCHMECKT, GEROCHEN
UND DOCH NICHT GESEHEN.

LA ULTIMA DONNER

»Dein Scheißsaft brennt voll auf mein'm frisch rasierten Pussyalarm!« Mandy nölt, Tom blinzelt und schielt über Mandys Bauch, schwer zu sagen, was da Sperma ist und was Schweiß. »Nochmal Ficken?« Mandy quengelt, Mandy schlufft ins Bad, Mandy behauptet, dass sie 22 ist, Mandy ohne Toms Schwanz drin ist ein Griff ins Klo: Keine Kinderstube! Tom und Mandy liegen im Bett und schwitzen. Mandy kratzt sich am Arsch und knabbert Marseis. Tom beäugt Mandys Titten und schlabbert Snickerseis. Mandy plärrt: »Bäh! Snickerseis! Total ek-lig! Voll abartig! Ich kotz gleich!« – »Wieso das denn? Voll geil mit Nüssen und Karamel!« Stille, Schweiß und Sinndrosselung bis Mandy wieder losnölt, weil sie ihr Eis nicht aufessen mag. »Lieber noch 'n bisschen Blasen?« – »Typ! Du bringst jetzt erstmal den Marseisrest in die Küche, wäschst dir gründlichst die Pfoten und dann machste mir 'ne Wurststulle, ich brauch was deftiges nach dem Süßpick!« Tom trollt sich ins Bad und inspiziert ausgiebig seinen Arsch im Spiegel. Wenn das mal bloß nur Hitzepickel sind. Tom schüttet Biers rein, Tom schmiert Schnittchen, Tom sinniert: Dürfen Veganer eigentlich schlucken? Die Schnittchen stimmen Mandy gnädig, Krümel saugen sich in Bettflecken voll, Tom lagert sich unten quer, sozusagen Offshore, wo das Laken noch hinlänglich ist, Tom wedelt mit einem Dutzend Knick-und-Riechs, ein Stündchen Blasen auf Minus Acht geht doch noch, dann verkündet Mandy: »Mir is dumm im Kopf!« Tom sabbert: »Jetzt? Und die Latte hack ich mir einfach ab, oder wie?« Mandy renkt sich den Kiefer ein, Mandy schnappt sich das letzte Wurstschnittchen, Mandy legt die Stirn in Falten: »Da gabs mal so'n Film, so'n Film mit Gerald Depardieu: La Ultima Donner oder so: Da tut er 'ne Flasche Wein exen am Ende und sägt sich mit'm elektrischen Bratenmesser den Schwanz ab, mit so'm fiesen Teil wo Messer irre schnell hin- und herzecken. Weil er meint, dass es ohne Schwanz besser läuft mit den Mädels, weil mit sein'm Schwanz gabs immer Stress, weißte?« Tom schwitzt aus den Nasenlöchern und glotzt: »Und was läuft dann noch ohne Schwanz?« Aber Mandy schlüpft schon ins Höschen und reckt ihren Po vor dem Spiegel: »Weiß ich nich mehr, das is ja ganz am Ende von dem Film und der war echt lang – du bist aber auch so'n Purzelbäumchen mit deine Fragen – und ich muss jezze ma los, wie sieht's aus mit später weiterficken?«

VOLLDEPP, VOLL DEEP

Als Tom fertig ist mit Kotzen, zieht ein Hauch Patchouli durch den Hinterhof und Tom beschließt, einer verdammten Hippiesau die Fresse zu polieren. Tom nimmt Witterung auf, Tom stampft durchs Treppenhaus, Tom verflucht alle stinkenden Hippies und kommt richtig geil drauf, die Zecke macht er platt! Aber das Hippiemädchen im dritten Stock öffnet im Batik-Hemdchen, das ihre eindrucksvollen Hupen wirklich gut zur Geltung bringt. »Geile Hupen!«, sagt Tom. »Tantra-Nümmerchen?« antwortet das Hippie-Mädchen. »Logen!«, entscheidet Tom. Das Hippie-Mädchen muss noch kurz für kleine Hippie-Mädchen, Tom zieht sich aus und strullt die Räucherkerzen aus, kurzfristig wabert eine besonders üble Patchouli-Wolke, aber das Hippie-Mädchen findet das toll und bläst Tom den Verstand weg, während sie eine Monstertüte rollt – diese Hippieschlampe hat das faustdick hinter den Ohren! Respekt! Tom ist beeindruckt, Tom fickt das Hippie-Mädchen von hinten gegen die Wand und walkt ihre dicken Hippie-Hupen gründlich durch. Hinterher rollt das Hippie-Mädchen mehr Joints und erklärt Tom die Sache mit dem Tantra: »Die Welt reduziert sich auf deinen Schwanz in meiner Pussy – nee, warte: Die Welt ist dein Schwanz in meiner Pussy. Wenn du dich voll konzentrierst, kannst du auch einen Stein ficken, weil die Welt aus deinem Schwanz und dem Stein besteht, aber da muss man vorher gründlich meditieren und Räucherstäbchen abfackeln.« Tom macht nach Kreuzberg, um sich mit Räucherstäbchen und Dope einzudecken, außerdem kann er sich auf dem Weg gleich mal nach einem Stein zum Tantra-Ficken umschauen. »Angeber-Lofts mit Tiefgarage und alles voll Marmor«, sagt das Baustellenschild, »Prima!«, sagt Tom, »Angeber-Loft-Marmor fickt bestimmt gut!« Als er den regennassen Stapel Marmorplatten sieht, kriegt Tom Vorfreude und eine Monstererektion und er beschließt, den Marmor gleich hier auf der Baustelle zu ficken. Tom macht es sich im Lotussitz vor der Palette bequem, Tom raucht drei Hammertüten und fackelt ein ganzes Päckchen extrascharfe Räucherstäbchen ab. Tom konzentriert sich volle Kanne auf den Marmor, Tom kriegt ordentlich Schwindel, Tom glaubt den Stein schon an seiner Prostata zu spüren, dann doch wieder nicht. Tom wird etwas ungehalten, aber dann rutscht sein Blick auf die Zementmischmaschine und es geht richtig ab: Die Welt besteht nur aus der Mischmaschine und seinem Schwanz, voll geil, voll deep und alles so schön bunt hier. Und dann hat Tom es plötzlich geschnallt, krasse Erleuchtung! Volldepp ist eben doch nicht das Gleiche wie voll deep.

DAS ZIEL IST DAS ZIEL.

SANDY & MANDY

Alles cool im Dezember, lässig Chillen und Sackzwicken, knorke den Jahreswechsel mit Downern verpennen, aber dann kommt es plötzlich ganz dicke: Toms Lieblingsziehloch ist zu, völlig am Arsch, nix geht mehr, es ist zum Flimmerhärchen ausreißen. Tom drückt den Panikknopf: Doc Ecstasy muss her! »Nehmen Sie doch einfach das andere! Haha! Kleiner Scherz! Beziehungsweise: Todernste Sache, so ein dichtes Ziehloch, wir machen jetzt erst mal eine Computertomografie und dann bekommen Sie eine maßgeschneiderte Frischfleisch-Therapie!« Die CT tut gar nicht weh und ergibt, dass Tom dringend Sex mit blonden Zwillingen braucht. Schwester Angelika dreht Tüten auf Vorrat, rasiert Toms Eier und injiziert eine doppelte Portion Viagra-Kodein-Lösung. Als die Zwillinge eintrudeln, glänzen Toms Bällchen wie frisch polierte antike Elfenbeinbillardkugeln, sein knüppelharter Ständer pocht mit 180 bpm und die To-Fuck-Liste platzt aus allen Nähten. Sandy lutscht Toms Eier, Mandy lutscht Toms Eichel und alles könnte ganz phantastisch, harmonisch und vorweihnachtlich erbauend sein, wenn Tom nicht die fixe Idee hätte, dass es noch viel besser käme, wenn Mandy seine Eier und Sandy seine Eichel lecken würden. Oder doch umgekehrt? Mein lieber Herr Gesangsverein! Sandy und Mandy blasen wirklich verdammt gleich! Tom wird ganz wuschig, und die Zwillinge sind sensibel, sie schnallen sofort was hier geht. Zum Verschnaufen rauchen Tom,

Sandy und Mandy die Tüten und schmeißen sich ordentlich was von den Pillen rein. Danach fickt Tom Mandy von hinten, während Mandy Sandy leckt. Alles könnte ganz phantastisch, harmonisch und vorweihnachtlich erbauend sein, wenn Tom nicht die fixe Idee hätte, dass es noch viel besser käme, wenn er Sandy von hinten ficken würde, während Sandy Mandy leckt ... Flachvater im Dackelfarm-Bordell! Unfokussiertes Resteficken weit außerhalb der Spaßzone. Tom muss einsehen, dass Sex mit Zwillingen seine emotionalen Kapazitäten überfordert und da Sandy und Mandy nette Mädels sind, die dafür echt nichts können, spendiert Tom Grog auf der verschneiten Dachterrasse: Gut dass die Sterne noch nie mit baugleichen Blondinen ficken mussten, sonst würden sie nicht so unschuldig im Grog-Tran funkeln, sondern kreischend im Kreis rumrennen und nach Doc Ecstasy schreien.

TITTENLAND

Tom brezelt sich für die Disco auf: Schaumwein zwitschern und Eier rasieren. Smalltalk-Happen für blöde Geilmäuse zurechtlegen, Ohrenschmalz rauspulen, Schnaps kippen und an frischgewaschenen T-Shirts schnuffeln. Rauchen, Haare dengeln, mehr Zwitschern, Arsch in drei Hosen beäugen, Zähneputzen. Geld, Kippen, Karte, alles Disco-klar! Tom schnappt sich den Hausschlüssel und schlüpft in seine Schuhe. Tom verfuselt sich an den Schnürsenkeln, dann wird ihm beim Runterbeugen schummrig, Kopf expandiert, besser hier kurz auf den Hosenboden setzen. Tom hockt auf dem schmutzigen Flurboden und linst an seinen Beinen längs: Ganz hinten die störrischen Senkel, da geht erstmal nichts weiter. Adiletten kommen Kacke an der Tür, barfuss kommt Scheiße beim Kloficken. Tom versucht sich noch einmal im Schleifeschnüren, aber die Senkel kichern sich bloß eins: Life is immer noch Live! Ohne Schleife keine Disco, ohne Disco kein Plan. Tom nuckelt am Flachmann, Tom kippt die Unterwegs-Biers, Tom inhaliert Terpentin. Ganz schön staubig, der Flur, denkt Tom, törnt ganz geil, das Terpentin, denkt Tom, Schwindel, mitten im Kopf, Tom driftet weg. Klein-Tom ist ganz hibbelig, die Kinderhand schwitzig in Papas Pranke, Papa ist auch hibbelig, weil das Tittenland wirklich ein Spaß für Groß und Klein ist. Der Tag neigt sich bereits dem Ende zu, Vater und Sohn kommen aus dem Drehrestaurant im Nippeltower, Klein-Tom schwer überzuckert von der ganzen Cherry-Boobs-Brause, jetzt will er – noch mal! – auf die Baywatch-Rutsche, was aber nicht geht, weil er seine Monstertüte Schmalz-Möpse kaum angerührt hat und die nicht nass werden soll. Klein-Tom lutscht Himbeer-Brustwarzen und nörgelt, alles läuft super, aber dann muss er übel kotzen, Papa schreit rum, weil sein undankbarer Filius die Monstertüte Schmalz-Möpse vollreihert und Klein-Tom kriegt eine gelangt. Von wehmütigen Seufzern begleitet kommt Tom wieder zu sich: Die Samstagnachmittage mit Papa im Tittenland! Unschuldige Wonnen der Kindheit! Aus und vorbei, statt warmer Kotze vor der Baywatch-Rutsche nur der kalte, staubige Flur und jede Menge Erwachsenen-Probleme, allen voran die Senkel-Schlappe. Tom schlufft in die Küche, um ins Spülbecken zu pissen, Tom schaltet auf Gammelbetrieb, Disco rennt nicht weg und auf diese verweichlichten Jugendlichen mit ihren schwammigen Körpern und ihren bleichen, dummen Fressen, kann Tom prima verzichten: Man ist eben noch längst nicht übel assig, wenn man Hustensaft trinkt, weil der Schnaps aus ist. Man ist übel assig, wenn man den Hustensaft spritzt, weil das Terpentin aus ist.

FLATRATE-SAUFEN

Tom und seine Kumpels sind auf Flatrate-Saufen im Gastrobereich des Textildiscounters. Schnäpse kippen und die Lage klären: »Schimpansen ficken lieber alte Bräute, prinzipiell!« – »Wie kannst du Sau bei der Kälte schon wieder immer nur über Ficken reden?« – »Stehst du doch auch drauf, wenn deine Eier so richtig schön frostig sind.« – »Muss ja nicht jeder wissen, dass ich ein Arschloch bin!« Tom und seine Kumpels trinken darauf, dass sie sich trotz politischer Differenzen ganz lieb haben – auf die Paragastronomie für selbstgenügsame Traditionalisten! »Kennt ihr das, wenn man mit der Zunge an Metall festpickt? Is mein' Kumpel mit sein Dödel passiert! Denen war drei Wochen die Fernwärme ausgefallen und dann war das Zahngoldgebiss von seiner russischen Braut so richtig schön durchgekühlt ...« – »Hör mir ma uff, mit deine Schauergeschichten, du Nazi!« Tom und seine Kumpels einigen sich darauf, dass Frosteier etwas ganz Feines sind. Dann trinken sie aufs topbreite Poppen mit saukalten Hoden. »Man könnte sich Bällchenlöcher in alle Hosen schneiden, da würde der Sack immer gut auslüften!« – »Bleib mir vom Leib mit deine FKK-Geschichten, du blöder Hippie!« – »Ma sachte! Ihr Fuselbrüder haut euch jetzt hier nicht schon wieder auf die Nasen! Ihr seid sowieso schon hässlich genug! Wir machen das so: Du winkst uns jetzt noch ein Tablett mit Kurzen ran, und ich erklär euch mal, warum ihr keine Ahnung habt von wirklich kalten Eiern! Richtig kalt machst du die nämlich nur mit Flüssigstickstoff! Das muss aber auf die Sekunde getimed werden, sonst kannste deinen Sack gleich abschreiben!« Tom und seine Kumpels trinken eine Extrarunde auf alle toten Säcke. »Flüssigen Stickstoff! Minus 195 Grad! Wenn du da deine Eier nich exakt im Griff hast, bist du am Arsch!« – »Bist du nicht! Ich kenn da nämlich ein Hausmittel von der Oma meiner Ex: Bei Eier-Malheurs mit Flüssigstickstoff sofort ans Kreuz nageln und zwei Wochen Blasen!« – »Is nicht wahr! Ein 14-Tage-24-Stunden-Blowjob?« – »Ohne Unterbrechung!« – »An 'nen Kreuz genagelt?« – »Exakt!« – »Und was kriegt man da zu Trinken, an dem Kreuz?« – »Weiß nich, davon steht nix in dem Hausmittel …« – »Is ja och nich so wichtig, aber zwei Wochen ein abgelutscht kriegen, alter Schwede …« Tom und seine Kumpels trinken schweigend weiter, eh alles klar jetzt, und aus dem Handy-Container des Textildiscounters scheppern auch schon wieder polyphone Trends rüber.

TECH
NO
MY
DICK

DIRTY DONNERSTAG

Dirty Donnerstag in der Proletenkneipe. Tom kippt lauwarmen Flachmannschnaps und guckt seinem Kumpel Kotzefresser-Lars von der Sonderschule um die Ecke beim Nasebohren zu. Kotzefresser-Lars versucht gerade, seine linke Nasenaußenwand gründlich von Krustenresten zu befreien und gleichzeitig an einer Kippe rumzuschmöken, die aber nicht mehr richtig brennen will, weil sie zu lange in Toms Bierglas geschwommen hat. Tom tränt aus den Nasenlöchern und er fuchtelt, um zu signalisieren, dass sein Flachmannschnaps aus ist. Kotzefresser-Lars will heute unbedingt noch eine Frau mit Krüppelhand ficken, weil sein Schwanz dann so geil groß aussieht, aber die Barschlampe auf Spermapatrouille hat anderes im Sinn: »Na du Sau? Was würdest du davon halten, wenn ich dir meinen kleinen Schwanz zwischen deine Zehen stecke? Hä? Da würde dir Süßmäulchen doch gleich ma einer abgehen, wa?« Kotzefresser-Lars nimmt den Finger aus seiner Nase, um ihn in die der Barschlampe zustecken. Dann wedelt er melodramatisch mit seiner nassen Kippe in der Frisur der Schlampe und gibt ihr damit irgendwie zu verstehen, dass ihm der Sinn nach einer Krüppelhand steht und nicht nach einem Krüppelschwanz. Als Tom dem schlingernden fetten Arsch der Barschlampe auf fortgesetzter Spermapatrouille nachstiert, wird ihm schlagartig bewusst, was hier läuft: »Zwiebelhauteng die Volksgesundheit überwachen und kein Service für die Armen! Ich steck euch hässlichen Hartz4-Fressen jetzt mal der Reihe nach einen Besen in den Arsch, aber dann ist hier auch mal Ruhe im Maso-Karton!« Schließlich ist Tom kein blöder Assi und deshalb checkt er blitzschnell, messerscharf, was er, Tom, und seine Keule Kotzefresser-Lars von der Sonderschule um die Ecke jetzt dringend nötig haben: »Ich hab mal wieder Bock auf so ne richtige Techno-Techno-Arschversohlung!« Später chillen Tom und die Parkplatzraver noch mit Terpentin und Blowjobs in den Dienstag. Voll verdrängungsfrei und nix mehr zwanghafte Scheiße: Flieger grüßt die Sonne, ganz nah und sauheiß und glasklar wie gehabt.

POTENTER BETTSCHLEIM

Tom liegt bekifft im Bett und checkt Mails: »Einfühlsame Großmütter stecken Muttersöhnchen ganz sanft den Finger ins Poloch!« Tom wichst vor sich hin, Tom schluckt Cola-Rum, Tom kommt nicht mit: »Was ist bloß los mit diesen Leutchen?« Tom kratzt sich am Sack, Tom klickt, Tom inhaliert und tippt: »Meinem Schwanz geht es prächtig, danke der Nachfrage! Erst letzte Woche hat eine ganze Reihe Sexualpartner Farbe, Behaarung und Standfestigkeit gelobt ;)« Toms nackter Arsch glibscht wohlig in der Wäsche, während er verträumt auf einen imaginären Punkt an der Decke glotzt und sich vorstellt, wie das wäre, wenn die Agenturmäuse aus dem Vorderhaus ihn so sehen könnten. Die würden dann meinen, dass hier ein Feingeist meditiert. Aber erstens gucken die Agenturmäuse nie rüber und zweitens malt sich Tom gerade aus, wie er einer nach der anderen über die Schulter auf die Tastatur spritzt: »Berlin ist eben ganz schön geil krank!« Hätten sie halt in Bielefeld bleiben sollen, obwohl das auch nichts an den Tatsachen ändern würde: Frotteebettlaken sind eine Scheißunterlage zum Bauen. Tom krümelt und scrollt und verrollt die Tüte, viel zu locker das Teil, muss noch gestopft werden. Tom kramt und findet nichts geeignetes, Tom ist faul und stopft mit dem Nasenspray, Tom drückt zu fest und sprayt Nasensaft in die Tüte: Verfickte Agenturmäuse! Tom platziert den feuchten Joint auf dem heißen Laptop und checkt mehr Mails:

»Ihr Angebot grenzenloser Wollust für 9,99 Euro im Monat mit 250.000 Profilen fickgeiler Schlampen aus meiner Umgebung, die es mal wieder so richtig besorgt bekommen wollen, klingt zwar sehr verlockend, ist aber ehrlich gesagt, eine Nummer zu groß für mich.« Tom balanciert Laptop auf Bauch und schmökt die halbfeuchte Tüte, Tom schwitzt, Tom aalt sich im eigenen Saft und lässt die Hausstaubmilben ihren Job machen: Sackhaare kauen, Schuppen futtern, Schweiß saufen und alles vollkacken. Der Milbenkot in Toms Bettwäsche wird dann von den Schimmelpilzbakterien – immer munter die kleinen Racker! – zu Bettschleim vergoren, in dem Tom so gerne wollüstig mit dem Arsch rumglibscht. Zeit-Raum-Schmiere geht voll ab, so sieht's aus!

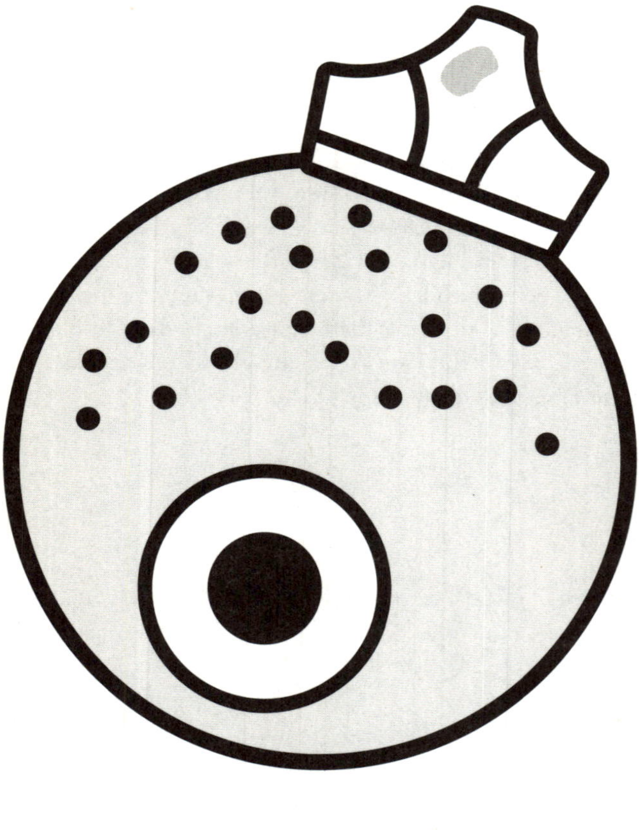

SPERMA AUF DER STADT

Ein New-Rave-Trottel malt mit Scheiße einen Smiley an die Wand. Tom ist nicht wohl bei der Sache, aber als er sich räuspert, macht der New-Rave-Trottel sofort die Easy-Fliege, obwohl dem Smiley noch ein Auge fehlt. Tom starrt den Fäkal-Zyklopen an, das Auge starrt zurück. Alarmstufe Rot in der Bummsbude. Tom versucht seine Einsamkeit mit stumpfer Musik, unaufgefordertem Sex und billigen Drogen zu ertränken, bis das Rauchverbot in die Disco kommt und Tom endgültig den Faden verliert. Tom geht nach Hause und legt sich ins Bett, aber es gibt kein Entrinnen, seine Schlafwichserei wird täglich bedenklicher. Eines Nachts kommt Tom drei Mal ohne aufzuwachen, Sperma im Schuh, Sperma im Kühlschrank und Sperma im Kippenpäckchen. Alles nicht das Wahre, aber immerhin nur Toms Problem, solange er nicht munter onanierend durchs Treppenhaus schlafwandelt. Drei Nächte hintereinander klingelt Tom die fette Nachbarin im dritten Stock aus dem Bett, die langsam schwer genervt ist: Nichts gegen ein Nümmerchen unter Nachbarn, doch sobald sie die Wohnungstür öffnet, spritzt Tom ihr prompt auf die Pantoffeln: »Nach vorne Ficken und nach hinten Wischen! Dit ham wa jerne!« In der nächsten Nacht streichelt Tom seinen Somnambulismus mit Terpentin und wandelt aufs Dach. Ohne die meckernde Fette aus dem Dritten kommt das Aufwachen gleich viel besser, Tom glotzt am Horizont vorbei in den Himmel. Eine

Wolke zieht bekifft durch sein Blickfeld, Vögel zeichnen sich scharf vor dem Himmel ab, immer in Bewegung, die kleinen Racker, rein in die Kartoffeln, raus aus den Kartoffeln. Dann passiert sehr lange nichts. Unverhofft dann das: Ein Vogel flattert sich einen tollkühnen Steigflug ab, reißt seine Federn zu einem zackigen U-Turn rum, und segelt von schräg oben direkt auf Tom zu und kackt sich dabei eins. Beim Anblick der eleganten Silhouette, aus der sich in Zeitlupe Tropfenscheiße löst, fühlt Tom sich plötzlich quicklebendig. Seine Wahrnehmung funkelt frisch poliert, Tom atmet tief durch und es dräut eine tiefe Ahnung, wahnsinnig verstörend und raumgreifend: Tom erkennt den Sinn seines Lebens, Tom erkennt den ganzen Sinn, Tom hat den vollen Durchblick. Und einen Mordsständer, die kecke Eichel hat ihren Weg schon gefunden, vorbei am ausgeleierten Hosenbund ins Licht, rosig in den Tag blinzeln. Toms Unterhose gleitet auf die Dachpappe, den Rest besorgt der Wind. Eine vorwitzige Böe lässt Toms Eier steinhart einschrumpfen, ein mächtiger Schauer erfasst seinen Sack, Tom zittert vor praller Wonne und als das nächste Lüftchen seinen Schwanz leicht wippt, spritzt Tom seinen Saft über die Stadt. »Das muss ich sofort allen erzählen!« Bestens gelaunt hüpft Tom die Treppen runter, schnell aufbretzeln und dann nix wie ab in die Disco!

DIE MÜTTER VOM KOLLWITZPLATZ

Tom macht ein Praktikum beim Anabolika-Dealer: »Drogen sind immer eine Lösung!«, lautet die erste und einzige Regel und weil das babyeinfach zu merken ist, kriegt Tom auch noch die Details erklärt: Praktikanten verkaufen zwei Kartons Nandrolon und eine Kiste Stanozolol in der Woche, und um Stress zu vermeiden, ist die Erschließung neuer Zielgruppen das A und O! Tom hat es kapiert, Tom bekommt seine drei Kisten, Tom trollt sich. Fröhlich jeanst Tom die Straße runter, die Hosentaschen mit Pröbchen vollgestopft. Ab sofort ist er ein respektierter Dienstleister! Außerdem herrscht 1A-Tittenschaukelwetter, der Buttplug zwirbelt angenehm und diese Zigarette ist auch ein echter Hochgenuss. Tom beschließt einen übermütigen Hüpfer zu machen, dann konzentriert er sich aufs Business: »Erst mal einen durchziehen, bevor man was entscheidet!« Tom trabt zum Kollwitzplatz rüber, ein Erdloch schmöken, kommt voll geil rootzig. Tom checkt die Rabatten, erdig muss es sein, aber nicht zu fest und nicht zu sandig, außerdem neben einer Parkbank, um Bier und Kartons abstellen zu können. Tom buddelt und formt, Tom stopft und steckt, Tom zieht ein korrektes Erdloch durch. Die Mütter vom Kollwitzplatz rauchen, die Mütter lugen ein bisschen rüber, die Mütter tratschen über Biogemüsepreise und die Schlappschwänze der Väter vom Kollwitzplatz. Neue Zielgruppe! Tom klopft sich den Dreck von den Klamotten, schnappt sich seine Kartons und wippt zu den Müttern rüber. Tom preist sein Starter-Kit an: 1000 Einheiten Nandrolon und 500 Einheiten Stanozolol zum Schnupperpreis und für die ersten zehn Kundinnen gibt's obendrauf noch ein Gratisnümmerchen mit allem Pipapo: Von vorne, von hinten und bei Licht an, vorher Piccolöchen, nachher Kippe und Kuscheln. Die Mütter vom Kollwitzplatz kichern und tuscheln, dann fasst sich die Mutter im safranfarbenen Wickelrock ein Herz: Ficken! Aber bitte gleich jetzt und ein Erdloch will sie vorher auch noch durchziehen. Alles klar. Der kleine Bono kommt in die Obhut einer Hippie-Schlampe, Tom stopft, der Wickelrock schmökt. Tom bietet der Dame höflich den Arm, charmant, aber kaum der Rede wert, man wohnt ja gleich um Ecke Ohne Wickelrock ist die Mutter richtig schau, Tom legt sich speichelnd ins Zeug, Tom knutscht, Tom fummelt, Tom leckt, Tom rammelt, Tom macht sich über die prallen Titten her, Tom saugt Nippel, Tom kriegt eine Ladung Milch ab: »Du hast mir in den Mund gespritzt!« Die Mütter vom Kollwitzplatz haben es wirklich faustdick hinter den Ohren!

OLDSCHOOL

Tom lässt seine Zunge bedächtig um die Rosette kreiseln, Tom formt Spiralen aus triefnassen Haaren um das sabbernde Loch, der ganze Arsch vibriert gierig, aber Tom lässt sich Zeit: Nur die Jungen sterben jung und bevor Tom hier später in Fahrt kommt, soll die Erektionspflegecreme gründlich einwirken. Der Arsch macht seinem Unmut über die Trödelei mit Grunzern Luft, Tom rollt seine Zunge, aber gerade als er sie dem Arsch mit Schmackes reinbohren will, klingelt dem Arsch sein Handy und der Arsch geht auch noch ran. Tom ist sauer, doch der Arsch begeistert: »Sie haben Marc Spoon ausgebuddelt! Schnell in die Disco!« Tom die Zicke lässt sich ein bisschen bitten, aber der Arsch spendiert Taxi, Eintritt und Drinks. Tom und der Arsch kippen Schnaps an der Bar, Kotzefresser-Lars hat Acid dabei, dann verteilt der Mitteficker Knick-und-Riechs und Tom hat wieder Oberwasser. Tom zieht sich den Brutalo-Beat rein, Tom jeanst auf den Floor, Tom zeigt seine Moves. Geile Sause. Die Meute ist auf Flash-Beschau, der Nebel riecht nach Keller, Max und Erika Mustermann schwitzen und shaken, nichts als Ficken im Kopf. Tom johlt, Tom schiebt sein Grinsen gerade und sich zu der Süßmaus in Schulmädchenuniform rüber. Ein berüchtigter Koitusbass setzt ein, obszön rammelnde Rhythmen und schmutzige Plastikmelodien. Tom wackelt was er hat, Tom glotzt der Süßmaus auf die Titten, alles so geil Oldschool hier heute! Die Süßmaus schenkt Tom ein Lächeln und schwenkt einen Chromdildo, Tom ist schon ganz verliebt, als der Chromdildo blinkt und die Süßmaus auch noch rangeht. Tom ist schwer angefressen, die Süßmaus telefoniert, wackelt mit dem Arsch und signalisiert Tom mit der Augenbraue: Verpflichtungen, du weißt schon, was soll man machen? Dann legt sie auf, platziert sich breitbeinig vor Tom und schiebt sich ihr Chromdildohandy zwischen die Beine: Ruf mich an! Tom verzieht sich kopfschüttelnd durch den Nebel und lässt die Süßmaus eiskalt stehen. Schwerer Fehler. Das nächste Break kommt mit Streichern, ein Mädchenchor verkündet, dass Tom verflucht ist, und die Süßmaus malt mit ihrem Chromdildo ein satanisches Zeichen in den Nebel: Immer wenn du abspritzt, wird dein Schwanz größer! Die Discohexe lacht, dann setzt die Bassdrum wieder ein und Tom schießt das Blut aus dem Kopf in den Schwanz, der schlagartig betonhart bollert. Geiler Fluch! Danke Discohexe! Tom trollt sich, was zum Ficken klarmachen. Tom biegt geschmeidig bei den Klos ein, Tom wird lautstark begrüßt: Der fiese Möp auf der Piste! Erst mal schöööön sexuelle Nötigung! Tom erkennt die Stimme sofort, und das ist erstmal Oldschool: Die E-Werk-Klofrau! Tom ist gerührt, aber Über-alte-Zeiten-Plaudern muss warten, erst ist Toms Schwanzhammer dran. Tom lässt die Hose runter, Tom findet ein Giermäulchen, Tom spritzt ab. Aber seine Erektion macht keine Anstalten, im Gegenteil: Toms Schwanz tut einen Satz und wird schlagartig fünf Zentimeter größer. Das Giermäulchen zuckt verschluckend zurück und plumpst kieferausgerenkt in die Pissecke. Kein Problem, da will noch jede Menge Gesocks mit Toms Monsterprügel spielen: Tom fickt einen fetten Horst, Tom fickt eine Tourischnalle, Tom hat Schießbefehl: Wer will Wurst? Jedesmal, wenn er abspritzt, wird Toms Schwanz noch größer und Tom noch geiler, Zeit und Sperma fliegen und ehe man sich versieht, traut sich niemand mehr auch nur in die Nähe von Toms Prügel: Alles verstörte Gaffer. Tom der Penisakrobat heult rum: Niemand will sich von mir ficken lassen! Aber da rettet Oldschool mal wieder den Tag, denn die E-Werk-Klofrau kennt sich aus: Meine Fotze ist auch monströs groß! Die Klofrau rafft ihren Kittel hoch und Tom schaut sichs an. Diese Pussy ist wirklich groß! Zögerlich steckt Tom seinen Kopf rein und schaut sich um: »Sehr geräumig! Würde man von Außen gar nicht erwarten. Macht sogar einen gemütlichen Eindruck!« Tom krabbelt vorsichtig über die Schamlippen, alles super, aber gerade als er es sich bequem machen will, merkt er, dass er nicht alleine in dieser Fotze steckt: Käferkumpel und Captain Subtext sind auch schon da! »Scheiße dunkel hier drin!«, mäkelt Käferkumpel. »Hol dir erst mal einen runter, dann siehst du auch was!«, erklärt der Captain. »Lieber lachen als kotzen!«, denkt Tom und macht sich ebenfalls ans Werk.

EDITORISCHE NOTIZ

Die gesammelte Kurzgeschichten erschienen 1998 und 1999 im Monatsmagazin partysan berlin unter dem Titel »Strictly Rhythm« sowie von 2004 bis 2006 auf den Flyern des Berghain unter dem Titel »Auf die Zwölf«. Die Texte wurden für diese Ausgabe leicht überarbeitet. Die Illustrationen stammen vom Vektor-Kollektiv Harthorst.

hart

horst

GEISTIG ARM

DIE BREITE MASSE RAUCHT.